GOBOOKS & SITAK GROUP©

三日月書版

子夜吳歌
獨自愁
墨竹
繪 はまぐり
三日月書版
BL045

子夜吳歌

ZIYEWUGE

目錄 contents

序

《子夜呉歌》又稱《子夜四時歌》，是六朝樂府之中的吳地歌曲，傳說曲調哀怨而悲傷，多寫離別和眷戀之苦。我之所以選作文名，就因為這是個略帶傷感的、關於單戀的故事。

朋友曾經問我，為什麼我總寫一些教人看著鬱悶的故事。

但我覺得，當感情到了太過深濃的時候，總是苦澀多於甘甜，慌張多於安定。尤其當你深深喜愛著某個人，卻無法將那種愛意傳達給對方的時候，一定會處處惶恐，變得焦慮不安。

很多人在看過這篇作品之後跟我抗議，說某個死人根本配不上如瑄這樣的翩翩君子，不如另外尋找一個懂得愛惜溫柔的人，來撫慰如瑄的情傷。

這是個很好的建議，但我發現我做不到。

我生於九月初，就像星座學上所說，是個稍有潔癖的完美主義者。雖然我自己覺得並不嚴重，但這種天性顯然影響到了我筆下人物對待感情的態度。就像如瑄，我怎麼也沒辦法讓他愛上另外一個人。

在我個人看來，他暗戀太久，心裡不平衡以至性格扭曲，怎麼也無法將這段感情放手。相信大家看完之後，對於這個故事和主角們都會有自己的理解，我也就不多說了。

此外要在故事開始之前說的是，這篇和我之前所寫的、那些多少帶著玄幻色彩的故事不同，雖然涉及江湖宮廷的奇人異士，寫的卻是兩個凡人半生的聚散離合。

因為是有點灰暗的情節，所以不免連累我寫出這樣沉重的序言，希望大家不會有想要打作者那些不友善的念頭。

最後，祝大家看得……嗯……應該是看得痛快吧。

墨竹　戊子年四月

子夜呉歌

楔子

窗外下著雨，從這個角度看去，朱紅色的宮牆在夜色中一片陰暗。他嘴裡喃喃念了句，然後嗤然一笑。

「泠風兄，你這是怎麼了？」身旁有人推了推他。

衛泠風渾身一震，從恍惚朦朧之中驚醒過來。

「泠風兄，你這幾天是怎麼了？」和他當了多年同僚的劉思隨有些擔憂地看著他，「是不是接連幾日在宮裡值守，太過勞累了？」

「不，沒什麼。」衛泠風搖了搖頭，伸手揉揉額角，「只是天氣陰寒，所以有些頭痛。」

「我看今夜還是我來值守，你回家裡好好睡一覺吧。」劉思隨與他相識已久，知道他身上帶著難以根治的舊疾，「泠風兄，身體要緊。」

「沒關係，你也知道我身子殘破，不過命卻是挺硬。」衛泠風微微一笑，「今夜是大年三十，我也沒什麼家人需要陪伴，倒是你家裡的人一定在等著你回去團圓呢。別為我掛心了，快些回家去吧。」

「你那舊疾近日犯得特別嚴重是嗎？」劉思隨臨走前突然想起，「我聽說你去藥房取了好幾帖安神藥，是不是又頭痛了？你也知道那種藥服多了對身體不好……」

「我知道了。」衛泠風倦然地應了一聲，揮手示意讓他安心回去。

劉思隨了解他的性子，知道多說也是徒勞，只能嘆口氣，轉身離去。

太醫院是個離宮廷不遠不近的地方，從這裡看向皇宮，總會有一種超然於外卻又深陷其中的怪異感覺。

衛泠風靠在二樓的窗格前，看著雨中顯得分外森然的重重宮闕，腦海裡盡是些無意識的東西不停打轉。

他早些時候已經服過藥，頭痛緩和了許多，但隨之而來的乏力倦怠依然讓人十分難受。加上這淅淅瀝瀝、彷彿不曾停歇的雨幕，讓他更加無法安定心神。

今年這一場雨，也下太久了，從年末一路下至年初，讓人總感覺有什麼不好的預兆。

「太醫，有太醫在嗎？」當他終於有了幾分睡意的時候，樓下一陣慌亂的叫喊聲讓他皺起了眉頭。

「今夜是衛太醫當值。」樓下有人開門回話，語調裡帶著半夜被吵醒的不快，「你是在哪個宮裡當差的？如此慌慌張張，成何體統。」

「你這奴才快給我滾開。」來人顯然也不好欺負，「要是誤了大事，小心你腦袋不保。」

「是誰啊？」衛泠風心裡嘆了口氣，知道今晚又沒辦法睡了，索性探出頭去問道，「有什麼事嗎？」

「太醫，快隨我去暢悠宮。」那人的臉隱沒在重重陰影之中，衛泠風看不太清楚，但那中氣渾厚的嗓子著實讓他一愣，「皇上宣召，去晚可就糟了。」

看那人穿著內侍的服飾，可明明不是宦官……

「你莫要著急，我這就下來。」疑慮歸疑慮，多年在宮裡當差的經驗告訴衛泠風，有些事情還是不要多問比較好。

衛泠風迅速取來藥箱，隨著那人往內苑去了。

「太醫，你走快點啊。」那人好像十分著急，一路上不停催促著衛泠風。

「這位大人，你別走得太快。」衛泠風喘著氣跟在那人後面，「我年紀大了，經不起這麼趕路。」

那人回頭看著衛泠風髮鬢斑白、大汗淋漓的樣子，眉眼皺得更緊了。下一刻，衛泠風只覺得眼前一花，直到看見兩邊景物飛逝，才知道自己被那人背在背上，一路往皇帝的寢宮狂奔而去。

終於不用疲於奔命的衛泠風鬆了口氣，習慣地伸手揉了揉額角。

子夜呉歌

第一章

到。

一進暢悠宮的大門，就聽到一個飽含怒意的聲音在質問為什麼太醫還沒有

「啟稟皇上。」背著衛泠風的人大聲稟告，「太醫到了。」

他背著衛泠風急跑了一盞茶的時間，氣息卻沒有絲毫紊亂，倒是一路被人背著的衛泠風頭暈目眩、四肢無力。

衛泠風被放下來後，先用有些顫抖的手拭去額上的冷汗，才顫顫悠悠地跨進了富麗堂皇的宮殿。

雖然是低著頭彎著腰，但滿室耀眼的金色依舊閃花了他的眼睛。

「你快過來看看。」那位高高在上的九五之尊，語氣裡竟然帶著一種壓抑不住的焦急，「他到底是怎麼了？」

在宮內當值多年，可這些年來，衛泠風大多是在太醫閣負責煎煮藥物和管理典籍的工作，根本沒有機會接近那些人人急欲巴結的貴人，更別說萬人之上的尊貴帝王了。

只是這時暈眩剛過，他還沒來得及開始緊張，正在醞釀情緒的時候，耳中卻聽見一陣強自壓抑的咳嗽，接著便聞到空氣中瀰漫開來的淡淡血腥，讓他忍不住皺起眉頭。

「我說了我沒事。」冷冷清清的男子聲音，從床上傳了過來。

走在光可鑑人的大理石地板上，衛泠風腳下打滑，好幾次差點跌倒。

「這是怎麼回事？」只披著外衣的皇帝顯然對等了半天、卻只等到這個風燭殘年的老頭很不滿意，「劉太醫和朱太醫呢？」

「啟稟皇上，今夜兩位沒有輪值。」那個把衛泠風帶來的內侍回話，「奴才已經讓人去府上傳召兩位太醫，他們不刻便能趕到了。」

「算了，你先看一下。」皇帝的聲音一頓，「至少讓他不要再咳了。」

一陣低聲勸慰之後，皇帝從明黃色的床帳後拉出一隻手，放在衛泠風面前。

衛泠風也沒有心思多想，深更半夜怎麼會有個男人躺在皇帝的龍床上，還用如此大逆不道的語調和皇帝說話。他擦了擦手心的冷汗，食指輕輕按上有些蒼白的手腕。

許久之後，衛泠風慢慢地收回手。

「如何？」看他沉吟不語，帳後的那人又在不停咳嗽，皇帝開始有些惱火。

「病人體質虛弱，如此劇烈咳嗽自然會傷了喉嚨。」衛泠風跪在地上，低著頭回話，「皇上不必憂心，只是風寒些微侵蝕肺腑，喝些寧神的藥物好好休養，不久就能康復了。」

皇帝的神情稍微緩和下來，但是那人一陣長久的咳嗽，讓殿內眾人又開始提心吊膽。

「太醫，你不是在敷衍朕吧。要是不嚴重，他怎麼咳了這麼多血？」皇帝果然又開始發怒，「若是不能止住他的咳嗽，朕立刻要你人頭落地。」

冷汗順著衛泠風的額頭滑落，但他又不敢舉手擦拭。

定了定心神，他從懷裡取出一個小小的瓷瓶，從裡面倒出一粒黑色藥丸，恭恭敬敬地遞了上去。

皇帝看了他一眼，接過藥丸，和水一起端給帳裡的人。聽到皇帝溫言輕語地哄著那人吃藥，衛泠風才敢偷偷用袖子擦了擦臉上的汗水。

帳裡的人服下藥後咳嗽慢慢平復，所有人都在心裡鬆了口氣。

「你的醫術如此精湛，朕怎麼從未見過你？」皇帝的心情放鬆下來，看了一眼跪在地上的衛泠風，臉上露出淡淡的嘉許。

平時那些太醫總是又扎針又灌藥，把人折騰半天才能緩和咳嗽，從沒有像今日這樣輕鬆平息下來。沒想到這個不怎麼起眼的老太醫，居然有著這樣高明的醫術。

想到這裡，皇帝又仔細地看了一眼跪在地上的衛泠風，從他灰白的鬢角、整潔卻有些老舊的官袍，一直看到微微發抖的雙手。

「微臣年邁，平日裡只負責管理藥物典籍，已經極少為人治病了。」衛泠風停頓了一下，然後補充道：「這藥物只能暫且平復咳喘，最好還是服上一劑寧神藥物，讓病人好好睡一覺。」

「那你快去配藥。」聽到這裡，皇帝也顧不上其他，連忙囑咐他，「藥物不要太苦，他不喜歡苦的東西。」

「慢著。」就在衛泠風抖著手腳從地上爬起來的時候，帳裡的人突然出聲，用一種疑惑的語氣問道：「這藥是哪裡來的？」

「是老朽自己配置，用來安神靜心的藥物。」

「是嗎？」那人的聲音聽上去有些奇怪，「這倒是巧了……」

察覺帳後的人正盯著他，衛泠風心中一陣惶然。

「你說你叫什麼名字？是哪裡人？」那人接著又問。

「老朽姓衛，乃是漳州人士。」衛泠風自然不敢怠慢，連忙躬身回答，「在宮中任職太醫，已經有幾年了。」

「那衛太醫你今年幾歲了？」

聽見那人這麼問，連皇帝也奇怪起來，再次上下打量了一下衛泠風。他不明白，這個畏畏縮縮的老人怎麼會讓那個性情冷淡的人感興趣到這種程度。

「老朽今年五十。」

皇帝一愣，之前他看這個太醫年邁的樣子，覺得他少說也有六十幾歲了，卻沒想到才剛滿五十歲。

「是嗎？」帳裡的人沒有再說什麼，只對著皇帝說了一句：「衛太醫醫術高明，以後就讓他過來為我診病吧。」

皇帝一聲令下，衛泠風只能搬到皇帝寢宮附近，隨時等候傳召。

天氣剛剛好了兩日，初五這天又開始下起小雨。

衛泠風坐在窗前，木然地看著暢悠宮的金色飛簷。

前些年，宮中為了某件事鬧得天翻地覆，他多多少少有所耳聞，不過帝王隱祕並非他興趣所在，所以也沒有刻意留心。他只希望安安穩穩做好自己分內的工作，盼著過幾年能帶著積攢下來的俸祿離開這個是非之地，在江南的一處小城開一家不大的醫館，終老在青山綠水之間。

不過這幾日下來，也不知是為了什麼，衛泠風突然覺得這已經篤定的人生，似乎又開始變得遙遠起來。

「衛太醫。」有人在門外喊他，「顧公子覺得身體不適，請您過去看看。」

「就來。」他收回目光，拿起桌上的藥箱，腳步匆匆地跟著前來傳喚的內侍往暢悠宮中一處偏殿走去。

衛泠風一進門，就瞧見那人穿了一身潔白如雪的衣服，坐在明黃綢緞的座椅之中，正默默地盯著自己。

知道他不喜歡別人跪拜，於是衛泠風彎腰作揖，喊了一聲：「顧公子。」

「不用這麼客氣，叫我雨瀾就可以了。」顧雨瀾許久之後才緩緩說道：「我今早起來覺得胸悶，勞煩衛太醫幫我看看了。」

「不敢。」衛泠風走到已經準備好的椅子上坐下，把指尖搭在顧雨瀾伸出的手腕上。

「衛太醫這雙手，倒是不怎麼像年老之人。」顧雨瀾的目光落在衛泠風為他診脈的手上。

衛泠風的手雖然瘦可見骨，但卻白皙修長，也不見有什麼斑紋褶皺。

「老朽常年擺弄珍貴藥材，這雙手也連帶沾了光。」衛泠風陪笑著說。

「若是衛太醫剃去鬍鬚，將白髮染黑，定然是要年輕不少的。」顧雨瀾的目光裡充滿了試探。

「顧公子說笑了。老朽這把年紀，哪還需要費心裝扮自己？」衛泠風站了起來，「照脈象來看，公子只是有些氣虛，喝些補血益氣的湯藥就會好了。」

「衛太醫上次說自己是漳州人士，不知道家裡是否還有什麼親人？」顧雨瀾好像根本不在意自己的身體，反倒對替自己看病的衛泠風很感興趣。

「老朽孑然一身，這世上也沒有什麼親人了。」

「我聽說漳州有個叫『衛珩』的大夫，醫術非常高明。」顧雨瀾又用那種奇怪的眼神看著他，「不知道衛太醫認不認識？」

「老朽多年不曾回過家鄉，沒有聽說過這位大夫。」看顧雨瀾不再說話，衛泠風便借機告退，「若是公子沒什麼要事，老朽這就去為公子配藥了。」

「師兄。」在衛泠風就要退出門外時，顧雨瀾突然用一種很平常的口氣說道，「沒想到這些年不見，師兄你變了這麼多，連『孑然一身』這種話也說得出口了。」

衛泠風腳下一頓，停在原地。

「雖然我那時年幼，但和師兄也不止相處了一朝一夕，就算師兄今日蓄了鬍鬚，染白了頭髮，我也不會認不出你的。」顧雨瀾坐在那裡動也不動，但目光卻不曾離開那個頹然的背影，「你不想認我這個師弟，自然有你的原因，我本不該勉強。不過無論如何，當年若不是師兄捨命相救，我也活不到今日。要故意裝作素不相識，我實在沒辦法做到。」

衛泠風慢慢地轉過身來，看著那讓帝王也甘願為之沉淪的絕美容貌，深深地皺了一下眉頭。

「多謝師兄當年的救命之恩。」顧雨瀾漆黑如墨的雙瞳，眨也不眨地盯著衛泠風的表情變化。

「許久不見。」終於，衛泠風揉了揉額角，低低地嘆了口氣，「我也沒有多大把握能瞞過你，只是想著你別拆穿我就好。」

他知道自己雖然改變很大，但遇見相處過的熟人，就算無法從外表一眼識破，他的一舉一動也還是隱瞞不住的。

「你當年詐死離開，現在又不願和我相認，難道說師兄你直到現在都還記恨著師父嗎？」顧雨瀾皺了下眉頭，「不是我要說，師兄你當年那麼做未免有些過分了。」

衛泠風清楚自己這個師弟的性子，但聽他直白地說出這些話，還是覺得有些刺耳。

「師父是因為我姑姑才會……但我相信他若知道事情會變成那種地步，定然不會要求師兄……」顧雨瀾不善言辭，將這些解釋說得十分生硬。

「都已經過去了。」衛泠風淡淡一笑，「有些事情你不懂。已經過去這麼多年，總是提起陳年舊事也沒什麼意思。」

「既然過去了，那你為何不回去呢？你準備和師父嘔氣到什麼時候？」顧雨瀾疑惑地看著他，「師父對你如此疼愛，就算你們之間有再大的誤會，也沒必要讓他內疚自責這麼多年，你知不知道他——」

他還沒說完，只見站在門邊的衛泠風身體一晃，扶住門框才能勉強站穩，立刻驚訝地住了口。

「那些事情我不想再提。」衛泠風一向清淺的聲音重了幾分，「我這種人本來就不配做你的師兄，還請顧公子以後不要再說這些讓我為難的話了。」

「師兄，你這是……」顧雨瀾愣住了，在他的記憶裡，師兄是一個性格溫順的謙和君子，對每個人都和善親切，甚至連說話的聲音也是一貫地輕輕柔柔，怎麼可能說出這麼尖銳失禮的話來？

「我好不容易擺脫一切，安安靜靜地活了十年。」衛泠風的臉色白得嚇人，「你們就不能放過我，讓我一個人默默死去嗎？」

「師兄是希望我不要告訴師父？」顧雨瀾聽出了他的意思，有些不滿地說，「若是你知道這十年來，師父因為你……」

「不論他怎樣，都和我沒關係了。」衛泠風的笑容帶著一絲冷酷，「在十年前，那個人就和我一點關係都沒有了。」

「師兄！」

「你身子還沒養好，好好休息吧。」衛泠風慢慢走了出去，嘴角帶著倦怠的笑意。

從這個角度看上去，師兄的背影真的像耄耋老人一般，可是他明明還不到三十歲啊。當年那個溫柔體貼的師兄，總是帶著淡淡微笑的師兄，怎會變成這個樣子？

顧雨瀾看著他清瘦的背影消失在門外，心裡隱隱約約不舒服起來。

衛泠風憋著一口氣走出了暢悠宮，直到走至湖邊迴廊，才從懷裡取出藥瓶，倒出藥丸服下。他撫著胸口，等待刺痛慢慢褪去，不期然地低下頭，看著倒映在清澈湖面上的自己的影子。

十年，不過是十年的時間。

若是你知道這十年來，師父因為你……

「那又如何？」衛泠風對著自己的倒影，一個字一個字地說道，「百里寒冰，我和你早就已經兩不相欠，沒有任何關係了。」

顧雨瀾靜靜地打量著面前的百里寒冰。

百里寒冰是他的師父，是他所見過的、最完美的人。

「百里寒冰」這四個字，就是世上一切完美事物的化身。他有著令人驚嘆的俊美外表，人人稱道的溫柔性情，出神入化的絕世武功，歲月似乎無法在他身上留下任何痕跡，只會讓他變得更加完美無缺。可是不知道為什麼，和他一起生活了十幾年，即使現在面對面坐著，顧雨瀾依然有種距離遙遠的陌生感覺。

也許是因為，百里寒冰根本不像一個有血有肉、擁有喜怒哀樂的凡人。

「雨瀾，你千里迢迢把我找來，難道是為了看著我發呆嗎？」那個人放下手中的茶盞，轉過頭對著顧雨瀾淺淺一笑，「是不是有什麼事情？」

「我只是有些想念師父，想和您見一面罷了。」顧雨瀾收回目光，「師父近來可好？」

「自然不錯。」百里寒冰環顧一下四周，烏黑的長髮就像水一樣在他的肩頭滑動，「這裡雖然金碧輝煌，但你真的願意一輩子都被困在這四面宮牆之中？」

「我既然做了選擇，就不會後悔。」顧雨瀾的回答還是和當初一樣。

「那你的身體近來可好？」

「他把我照顧得很好。」

百里寒冰點點頭，拿起茶盞喝了一口。

「真是好茶。」他低頭望著白玉杯中的碧綠茶水。

「要是師父喜歡，回冰霜城時多帶一些吧。」

百里寒冰淡淡一笑。

兩個人都不是多話的人，閒聊幾句之後，只是默默相對喝茶。

「顧公子，您該吃藥了。」身邊的內侍走上前，遞上錦盒。

顧雨瀾打開錦盒，從中取出一粒藥丸，慢慢嚼碎咽了下去。

一股淡淡的桂花香氣瀰漫開來，舉起的茶盞隨之停在百里寒冰的唇邊。

「雨瀾。」

顧雨瀾順著聲音望去，只見百里寒冰半低著頭，嘴唇微微開合：「你吃的藥……」

「這個藥嗎？這是宮裡的衛太醫配製的。」顧雨瀾用平和的語氣回答，「他的醫術高明，多虧有他幫我配藥調養，我最近都不怎麼咳嗽了。」

百里寒冰的眼角微顫，顧雨瀾眼尖地看到了。

「那位太醫的祖籍在漳州。」他繼續說，「我本來以為他和漳州衛家有什麼關係，他卻說只是巧合罷了。」

「是嗎？」百里寒冰把手裡的茶盞輕輕地放回桌上，臉上還是帶著微笑。你可知道，千花凝雪的藥方對於衛家的子孫來說，代表著何種意義？這一生，除了有血緣關係的親人，我們只能用它救自己的……妻子。千花凝雪等同於我的性命。我曾對著祖先立下毒誓，如果我用它來救和自己毫無血緣關係又或並非至親之人，那麼我也會因為千花凝雪的毒性而死。

「你說的這位太醫……他叫什麼名字？」百里寒冰看了看自己的雙手，然後慢慢平放到膝上。

「衛太醫嗎？他叫衛泠風。」顧雨瀾微笑著說，「我本來想為師父引見一番，只可惜他上個月初就告老辭官，想必現在已經離京城很遠了吧。」

「告老？」百里寒冰一愣。

「說是年老體弱，所以回鄉休養。」顧雨瀾拿起手邊的茶盞，淺淺地嘗了一口，「不過有趣的是，聽說在諸位太醫中，他雖然年齡最大，進宮的時間倒不怎麼久，也不過是七八年的光景罷了。」

百里寒冰沒再有說話，他端坐在陽光裡的樣子，看上去就像一尊清冷的白玉雕像。

子夜呉歌

第二章

路過岳陽，自然要遊一遊岳陽樓。

衛泠風雖然算不上文人騷客，但總是書香世家出身，追逐風雅的情懷還是難以摒棄。所以他每次路過岳陽，都會去一趟岳陽樓，遠遠眺望著那水色連天的洞庭湖。

衛泠風第一次來岳陽樓，是在二十年前。

大了他足足二十多歲的兄長，那時還猶自健在。溫柔的兄長站在身邊摸著他的頭，囑咐他要勉勵上進，說衛家的將來都要依靠他了。

因為衛泠風自小就聰穎過人，醫書典籍往往看過幾遍就能倒背如流。除此之外，他的心志也比常人堅毅，只要下定決心去做某件事情，就絕不退縮，直至成功為止。而那時尚且年幼的衛泠風，也認為只要能夠堅持，世上就沒有任何事物可以難倒自己。

那時以為自己無所不能的衛泠風，第一次站在這裡遠眺洞庭湖的時候，面對著滔滔湖水，念著「昔聞洞庭水，今上岳陽樓」，心中豪情灼灼，滿腔都是悲天憫人的濟世胸懷。

而第二次來到岳陽樓，差不多已經相隔了十年之久。

十七歲的衛泠風再次站在岳陽樓上，孤身一人，心灰意冷。當年的豪情壯志早已被滿心憂苦替代，他是只想著這樓底湖水有多深多廣，若是自己縱身一跳，是不是就能徹底擺脫紅塵俗世，遠離一切煩惱。

「近期正是酬祭湖神，來這裡的人實在太多了。」身旁一位少年公子好心地提醒他，「這位老先生，您可要小心別被人撞到了，這水可是深不可測啊。」

衛泠風笑著道謝，稍稍往後退了幾步。

耳中聽著人們的喧嘩，站在來來往往的人潮之中，衛泠風想，再一個十年之後，縱然物事人非，這岳陽樓依舊是這般遊人如織的風貌吧。只是那時，自己又會是什麼模樣呢？

這次，是衛泠風第三次來到岳陽樓。他時年二十八，卻自覺韶華已逝，甚至連身心也都快腐朽成塵埃。

衛泠風站了一會，轉身想要順著人潮往樓下走去。

才走兩步，身邊擁擠的人群突然一陣騷亂，衛泠風怕被人推倒，慌忙往牆邊走去。

但不知被誰用力推了一下，腳步虛浮的衛泠風踉踉蹌蹌地往後退了好幾步，單薄的身子撞上扶欄，整個人往洞庭湖裡跌落下去。

事出突然，衛泠風甚至沒能反應過來，等他意識到自己摔下岳陽樓的時候，離水面只有不到兩三丈的距離了。他閉上眼睛，只能等待著自己落入冰冷徹骨的湖水之中。

就在這個時候，遠處的岸堤上突然躍出一道身影。

那人在水面上輕點幾下，瞬間來到岳陽樓邊，伸手一抱，穩穩地把衛泠風接在懷中，然後旋身一躍，點水而起。這一連串動作如行雲流水般輕盈優雅，等到看得目瞪口呆的眾人開始拍手稱奇的時候，那人已經抱著衛泠風回到了堤岸上。

衛泠風本就極易暈眩，這一連串事故下來，早已頭昏眼花，眼前只剩白茫茫一片。

直到有個聲音在他耳邊說道：「如瑄，你沒事吧？」

那人的頭髮垂落在衛泠風臉上，那感覺就像是皮膚碰觸到了綢緞一樣。衛泠風還清楚地記得，這光滑如水的頭髮，自己往往得花費大半個時辰才能梳成髮髻，如果中間一不小心沒抓牢，就會前功盡棄。

這喊他的聲音，這異常柔滑的頭髮……衛泠風原本有些發軟的身體，忽然之間變得僵硬。

「你怎麼了，如瑄？」那人看他恍恍惚惚的樣子，有些焦急地問，「難道是哪裡受了傷？」

衛泠風的視線開始漸漸清晰起來，他看著那人墨黑的長髮，濃淡合宜的眉毛，蕩漾著溫柔的眼眸，挺直的鼻梁，以及總是帶著笑意的薄唇。

這是一個完美的人，在陽光下如同美玉一樣溫潤優雅的男人。

「百里……寒冰……」衛泠風用力閉上眼睛，用近乎破碎的聲音呢喃出了這個名字。

「是我。」百里寒冰聽到他喊自己的名字，禁不住地笑了，「如瑄，看看你這樣子，這些年過得定然不太順心。你放心好了，今後我會好好照顧你的。」

「不……我不要……」衛泠風掙扎了一下，卻轉瞬間被封了穴道，立刻倒在百里寒冰懷裡不能動彈。

「我知道你看見我自然是很開心的，不過你身子不好，千萬不要激動。」陽光映在百里寒冰俊美的輪廓上，竟然折射出玉器一樣的光彩，「如瑄，我仔細想過了，你始終是我最疼愛的徒弟。從這一刻起，不論以前發生過什麼事，我們就當全都忘記了，可好？」

衛泠風雖然不能動彈，但卻意識清醒地聽到了百里寒冰說的話，看到了那種自己最熟悉的雲淡風輕。

不知道為什麼，衛泠風的心裡竟慢慢湧出了一股寒氣。

冰霜城是武林中一個很神祕的地方。

傳說冰霜城裡藏有祕笈神兵，珍寶靈藥無數，城中的藏寶密室是每一個武林中人夢寐嚮往的地方。所以自冰霜城存在以來，打這些寶物主意的人總是絡繹不絕。

不過直到現在，卻從來沒聽說有人能夠成功地闖進密室盜取珍寶，然後安然無恙地離開冰霜城。每一年從冰霜城抬出來的屍體，不論是江湖中數一數二的高手或一文不名的小賊，總是和闖進去的人一樣多。

但因為向來行事隱祕，更是從不與江湖中人結交往來，所以雖然冰霜城名滿天下，在武林中卻沒有太高的聲望和地位。

不過最近幾年，情況卻有所轉變。

因為冰霜城這一代的城主百里寒冰，是一位心地仁厚的謙謙君子。所以每年被抬出來的不再是一具具屍體，而是一個個活著的人。

因為百里寒冰覺得這些上門盜搶的人罪不致死，所以就算可以小懲大戒，百里寒冰也不過是點了他們的穴道，然後將人送出冰霜城。也是因為百里寒冰的寬容大度，讓整個武林終於知道，冰霜城主的武功有多麼深不可測。

據說那些被抬出來的人之中，武功最高的一個，也不過是在百里寒冰的劍下捱過十招。

這個人的身手，足以在江湖中名列前三甲。而那時的百里寒冰，才剛剛繼任城主之位，不過是個弱冠少年。

八月，烈日當空。

這一年的夏天特別炙熱，樹枝間的知了拚命地叫喚著，吵得人心煩意亂。汗水順著如瑄的臉頰不停地往下滑落，他卻好像被點了穴一般，站在炙熱的驕陽下，呆呆地仰頭看著前面。

他的腦袋一時之間轉不過來，總覺得眼前的一切太不真實了。

他接到消息，說家中遭逢變故，所以才一路馬不停蹄從江南趕了回來。可是他想不明白，為什麼到處都是一片喜氣洋洋，大門外更是滿目紅綢彩帶、大紅燈籠，還有……還有貼在門上的大紅「喜」字。

莊嚴的黑色大門，搭配上俗氣的大紅色，固然增添了幾分生氣，看著卻也有些滑稽可笑。

「瑄少爺。」

他盯著大門發愣的時候，已經有人從門內迎了出來。

「白總管……」看到走過來的中年男子，如瑄眨了一下眼睛，恢復了幾分清醒。

「瑄少爺。」冰霜城大總管白兆輝一改對待下屬時的嚴厲表情，滿面春風地說道，「你總算趕回來了，大家可都等你等得十分心急呢。」

「白總管，這是……」

「瑄哥哥！」他還沒有問完，一個小小的身影突然從白兆輝身後竄了出來，一把抱住了他。

「漪明。」他低下頭，看著那個抱著自己大腿的孩子，嘴角漾出一抹微笑。

「漪明，不許沒規矩。」白兆輝急忙想把孩子拉開，但他卻拚了命也不肯鬆手，白兆輝著急地責備：「你這孩子，怎麼總是沒大沒小的？」

「不礙事。」如瑄彎腰把那八九歲大的孩子抱在手上，微笑著說，「難得漪明還認得我。」

「漪明才不會忘記瑄哥哥呢。」白漪明嘟著嘴，「是瑄哥哥不好，才會害我老是被大哥取笑。」

「瑄少爺。」白兆輝叫人牽走了馬匹，對著如瑄說，「我們進去吧。」

「好。」如瑄朝白兆輝點點頭，一邊往裡面走一邊逗著懷中的孩子，「漪英為什麼要取笑你？」

「因為瑄哥哥答應要嫁給漪明做娘子啊。」白漪明生氣地說，「大哥說不可能，他還一直笑我是傻子，說就算我積了八輩子的福氣，你也不會嫁給我的。」

「白漪明！」白兆輝回過頭來瞪自己荒唐的小兒子，「不許胡說！」

如瑄忍不住笑了出來。

「瑄哥哥！」看到如瑄笑了，白漪明十分著急，「你不可以反悔喔，你和我打勾了說不會反悔的！」

「漪明。」如瑄萬分無奈地笑著，「我不是和你說了，若是你長大之後娶新娘，要娶一個如花似玉的姑娘，我和你一樣都是男子，怎麼可以嫁給你呢？」

「我不要娶阿毛那樣的姑娘，阿毛好醜。瑄哥哥才是如花似玉，漪明只喜歡瑄哥哥一個人。」白漪明扁著嘴，看上去快要哭了，「瑄哥哥賴皮，你明明答應我了！你說要是漪明能贏過城主，瑄哥哥就會嫁給我當娘子的！」

白兆輝在前面聽到兒子這麼說，簡直哭笑不得。他這個兒子平時就像小大人一樣莊重沉穩，偏偏只要一碰見瑄少爺，就像得了失心瘋的小傻子。

「不能用如花似玉形容男子，那是指漂亮的姑娘。」如瑄止不住地笑了，「阿毛很漂亮，只是她還小。她長大以後一定也會如花似玉的，到時候漪明就會喜歡她了。」

「騙人。阿毛好醜，長大了只會變成更醜的醜八怪。」白漪明不屑地嗤笑著，不過他想了想，終究忍不住問道：「瑄哥哥，是不是越漂亮的姑娘小時候越醜啊？那麼城主夫人小時候是不是也是醜八怪？」

「什麼？」如瑄一愣，「你說……誰？」

「城主夫人啊。」白漪明想了想，「如果阿毛以後長得跟城著夫人一樣漂亮，我就不喊她醜八怪了。」

「什麼城主夫人？」如瑄的腳步有些遲緩，「是什麼時候……」

「就是明天啊。」白漪明扳著手指，「明天城主就要娶親了，大哥說會有好多好多好吃的東西呢。」

如瑄這時正跨進大廳，一不注意絆到了高高的門檻，整個人往地上跌了下去。

慌亂之中，他正要伸手撐地穩住身體，沒想到懷裡的白漪明突然動了起來，他生怕傷到孩子，連忙一個轉身，背部朝下。突然，他手裡一空，接著有什麼東西滑過他的臉頰，後頸隨即被一片溫熱托住。

如瑄睜開眼睛，望見一片深邃的黑色。那黑色就像是一池深潭，將他纏繞，讓他沉溺。

只是一眨眼的功夫，如墨的黑色忽然離他而去，出現在如瑄眼前的，是一張俊美到令人暈眩的面容。漆黑的眉眼，墨黑的長髮，五官就像用最好的玉石精心雕琢而成，渾身上下散發著一種溫潤動人的光彩，就算是再挑剔的人，也不能從這個人身上挑出一絲一毫的瑕疵。

「連走路都能摔倒。」厚薄適中的嘴唇輕啟，發出的聲音像撞擊玉石般悠揚動聽，「若說你是百里寒冰的弟子，恐怕沒人會信。」

如瑄渾身一震，急忙站了起來退開兩步，低著頭輕聲說：「師父，我回來了。」

「你總算回來了。」百里寒冰輕嘆了一口氣，「雖然我不贊成騙你回來，不過若是不那麼做，你也不會回來吧。」

如瑄沒有作聲，只是垂手站在那裡。

「算了，回來就好。」百里寒冰知道他天性內斂，也就不再多說，只是朝他笑了笑，「還好趕上明日的喜筵，否則我不知該有多遺憾。」

如瑄好像有些站不穩，身子晃了一晃。

「瑄哥哥。」白漪明被百里寒冰從如瑄懷裡抓出來放到地上之後，就亦步亦趨站在如瑄身邊。這時他剛要伸手扶人，只見眼前白影一閃，回過神時，他的瑄哥哥已經靠在了城主懷裡。

「如瑄，你這是怎麼了？」百里寒冰摸了摸如瑄的額頭，不禁嚇了一跳，「你身上好冰，是病了嗎？」

「我沒事。」如瑄靠在他身上，氣息有些不穩，「只是被暑氣一沖，有些胸悶罷了。」

「都怪我。」百里寒冰皺眉自責，「忘了你身子不好，這麼熱的天還讓你急著趕路。」

「師父言重了，這是為人弟子應該做的。」如瑄緩過神，不著痕跡地退開一步，朝著百里寒冰行禮，「恭喜師父娶得如花美眷，從此以後和夫人鳳凰于飛，白頭……偕老。」

「你啊，」百里寒冰搖著頭，「我可不是為了聽這幾句話才讓你回來的，我是希望你……」

「不過師父，你為什麼不梳頭髮？」如瑄抬頭看了他一眼，皺了皺眉頭。大白天的，就這麼披散著頭髮出現在大廳，實在太不像樣了。

「你走了以後，就由漪英來照顧我的起居。」百里寒冰隨手攏了攏及腰的頭髮，「他和那些丫鬟們總是梳不好，我也就找條帶子隨便繫著，偏偏又總是滑開，只能隨它去了。」

「漪英他笨手笨腳的，服侍得不夠周到。」白兆輝連忙在一旁為兒子請罪，「還請城主見諒。」

「我也沒奢望像以前過得那樣舒適。」百里寒冰半真半假地說，「這世上有幾個人，能像如瑄這麼心細如髮、體貼入微的？」

「師父，您別取笑我了。」如瑄輕聲地說，「我幫您梳頭吧。」

精美的象牙梳子，順著髮稍往下梳攏的時候，就像是要被柔滑如絲的長髮吞噬一般。

「如瑄，你這幾年怎麼毫無音訊？」百里寒冰坐在椅子上，淡淡地問，「你忘記答應過我什麼了嗎？」

「讓我每月寫信。」如瑄挽起他頰邊滑落的頭髮，牢牢地握在手心。聞見清雅的香氣，他知道一定是屋後的荷花正在盛放。

「你是一次寫好了，然後讓人每月送來一封？」百里寒冰有些不悅，「否則你的家書怎會一年到頭完全一模一樣？」

「一切順利，沒什麼值得為我憂心的事。」

「我總感覺你我這些年生疏了。」百里寒冰嘆了口氣，「也不知道你為什麼總要往外跑？」

「不是師父說，如瑄大了，總要出去長長見識的嗎？」這話的確是百里寒冰說的，所以他也只能搖頭嘆氣，這一搖頭，如瑄抓在手裡的髮絲又稍微散落了下來。

如瑄靈巧的手指緩慢輕柔地動作著，把那些柔滑的頭髮一束一束梳到了一起。

「夫人她……」如瑄像是隨口問起，「是哪家的小姐？」

「叫什麼夫人，應該叫師母。」百里寒冰糾正他。

如瑄的手停了片刻，輕輕地回答：「我不習慣。」

「紫盈，她叫顧紫盈。」百里寒冰當然不會勉強他，笑著說：「她出身名門望族，但一夜之間家中遭逢變故。我遇到她的時候就和當年遇到你一樣，下著大雪，她衣衫單薄地倒在路邊。第一次救了你，我們成了師徒；第二次救了紫盈，我們成了夫妻；你說這是不是冥冥之中註定了某種緣分？」

「就只是這樣？」如瑄皺著眉，「因為什麼冥冥之中的緣分，你就要娶一個根本不清楚來歷的女人？如果她別有用心……」

「如瑄，我把你帶回來的時候，從來沒有想過你是不是來歷不明，又或者別有用心。」百里寒冰的聲音不大，「明天她就會成為我的妻子，你是我最信任的徒弟，我不希望你們之間有任何隔閡。」

如瑄不說話，只是靜靜地幫他把頭髮梳好，用玉製的髮飾牢牢固定。

「好了。」他把象牙梳子放回桌上，垂手退了兩步。

「能有你這樣的徒弟，是我上輩子修來的福氣。」百里寒冰摸了摸如瑄花費半個時辰才完全梳好的頭髮，「這樣清爽多了。」

如瑄笑了笑。

能有你這樣的師父，才是我上輩子修來的福氣。

但這句話，如瑄沒有說出口。因為他不知道自己遇到這個人，究竟是真的有福氣，還是……

「在江南遊歷，有中意的姑娘嗎？」

如瑄搖頭，然後說：「沒有。」

「若是看中了哪家姑娘，一定要和我說。」百里寒冰撫著他的頭髮，「你今年已經十七歲了吧，可別學我到了二十六七才想成家，那就有些晚了。」

如瑄看著他，清清淺淺的眼眸裡似乎滑過一絲光芒。但他隨即垂眸斂去，慢慢地點了點頭。

「來。」百里如霜拉起他的手，「去見見紫盈，明天開始，就是一家人了。」

「不行。」如瑄站在原地不動，「成親之前不能見新娘，這不吉利。」

「有什麼關係？」百里寒冰手一用力，如瑄怎麼比得過他，還是讓他拖動了幾步，「你這孩子就是太拘謹了。和我去見一見未來的師母，也是一種禮貌啊。」

我不想去，我不想去，我根本就不想去！

「嗯。」如瑄看向自己被他抓著的手，隨意點著頭應了一聲。

子夜呉歌

第三章

顧紫盈是個美人，行遍大江南北的他所見過的女子之中，竟然無一人可以與之相比。當她和百里寒冰站在一起的時候，當百里寒冰握著她的手，對她露出微笑、對她輕聲細語的時候，就像是一幅美麗的圖畫。

這是第一次見到有人站在百里寒冰的身邊，卻能不被他的光芒掩蓋。是不是，這才能叫天作之合？

天作之合。如瑄想到這個詞的時候，胸口突然一悶。

「紫盈，這是如瑄，我最心愛的徒弟。」百里寒冰關心完未婚妻的身體狀況，便把身後的如瑄拉了過來，「我特意帶他過來見見妳，明日之後，大家就是一家人了。」

「顧小姐。」如瑄作了個揖，動作標準得幾乎無可挑剔，「如瑄有禮。」

眉清目秀，只能用這四個字來形容眼前的這個孩子。不，不能說是孩子了，雖然眉宇間稚氣猶在，但他目光沉穩，神情莊重，已然是一名風度翩翩的少年公子。

「別這麼多禮。」顧紫盈愣了一下，連忙說道，「寒冰總是把你掛在嘴邊，今日一見，我才知道他說的半點不假。」

「謬讚了。」如瑄淡淡頷首，看上去很是冷淡，「是師父待如瑄寬厚維護。」

「是嗎？」不知道為什麼，顧紫盈覺得有些接不上話。

「如瑄這孩子從小就是這樣，什麼都能做到最好，性格卻太過謙和。」百里寒冰搖著頭，但目光卻充滿了驕傲，「雖然他體質虛弱，不適宜習武，但醫術卻十分精湛，如果他不是如此謙讓，這『天下第一神醫』的稱號於他簡直就是探囊取物。」

「這是真的嗎？」顧紫盈的眼睛突然一亮。

百里寒冰滿面笑容地點頭。

看見他們這樣，如瑄皺了下眉頭，總覺得自己好像被隱瞞了什麼。

「不知道如瑄公子是否願意為我侄兒診治一下，他這兩天又發病了。」顧紫盈滿臉憂愁地說，「我正為這件事發愁呢。」

如瑄望了她一眼，又看向百里寒冰。

「如瑄，你能去看一看雨瀾嗎？」百里寒冰朝他微笑，「明日就是喜筵，我希望一家人都能圓滿出席。」

他們……意思是不是只有他和她……

「既然師父萬里迢迢把我找回來，如瑄自當盡力。」如瑄低下頭，嘴角含笑，「不如這就帶我去見見這位小公子，我也好早些為他診治。」

不知道是不是自己的錯覺，顧紫盈發現這個叫「如瑄」的少年目光看向自己的時候，會突然變得茫然不定，就好像——

百里寒冰也是覺得如瑄這句話好像有些賭氣的成分，但轉眼就把這奇怪的念頭拋之於腦後。畢竟如瑄的性子他最清楚，最是顧全大局、通達明理的如瑄，怎麼可能像個孩子一樣賭氣不滿？

如瑄轉過身，清澈的眼睛霎時蒙上了重重的晦暗。

那是個異常安靜的孩子，嘴唇微微泛著青紫色，皮膚雪白，看上去漂亮得不像話。不過看他才五六歲的模樣，明明痛極了卻仍咬著牙一聲不吭，就知道這孩子的性格和過於柔美的外表定是背道而馳。

最後還是如瑄先看不下去，用針讓他昏睡了過去。

「不只是先天心疾，而且還中了劇毒。」如瑄看了看從孩子椎骨拔出的銀針，輕聲地說，「給患有先天心疾的孩子下毒，還不讓他即刻毒發，毒的分量一定要拿捏得恰到好處，定然是精於此道的好手所為。」

「啊？」顧紫盈聽到侄兒中了毒，一下子呆住了，「怎麼會中毒？」

「那要怎麼醫治？」百里寒冰多少看出了一些端倪，所以沒有太過吃驚。

如瑄想了一會，才緩緩搖頭。

顧紫盈面露哀悽，眼看身子就要軟倒，百里寒冰見狀連忙扶住了她。

「如瑄，真的不能救治嗎？」百里寒冰憂心地問。

「這世上沒有無解的毒藥，只是這孩子身體極其孱弱，經受不了拔毒這一關。」如瑄專心致志地看著自己手裡的銀針，「那個下毒的人也是看準了這一點，所以在這孩子身上下了毒性不強、卻極難拔除的慢性毒藥。隨著孩子一天天長大，這種毒會慢慢深入五臟六腑，讓他飽受折磨之後才痛苦死去。」

「到底是什麼人會對一個孩子這麼狠毒？」百里寒冰十分生氣地說，「若是落在我手裡，我定是饒不了他。」

他懷裡的顧紫盈已經泣不成聲。

「也不用這麼傷心，雖說我無法徹底為他驅除毒性，但為他延緩毒性、減少痛苦還是可以的。」如瑄皺起眉頭，「不過，這毒十分奇特少見，最好能知道出處，我才好想辦法根治。」

「我嫂子原本是隱姓埋名嫁給了我的兄長，我們一家都不知她真正的來歷，這樣倒也相安無事了好幾年。」顧紫盈開始講述原委，「直到不久之前，她那厲害的仇家追查到了她的行蹤，因為這個緣故，一夜之間，我們家中一百多人被盡數屠殺。混亂之中，只有我帶著雨瀾逃了出來，直到被寒冰救起，才算保住了性命。這件事情從頭到尾，我們家人實在是莫名其妙，全然無辜。」

顧紫盈三言兩語說完，其中曲折一帶而過。如瑄看了她一眼，知道她看似柔弱，性格卻是極為堅強。他原本最是欣賞性格堅強的人，但不知為何，看著顧紫盈，他心中只是越發覺得鬱悶。

「如瑄，你是不是有什麼事情瞞著我？」為孩子扎完針，告別顧紫盈出來，百里寒冰邊走邊側頭看著他。

「是唐家繫魂燈，這種毒是唐家不外傳的幾種奇毒之一。」如瑄面無表情地回答，「蜀中唐家和朝廷向來關係密切，更有高手常駐大內，為皇帝辦些不太好見光的差事。一夜之間被滅門又風聲不漏，若是官家所為倒是合情合理。」

「你覺得我該怎麼做？」百里寒冰絲毫不為所動，笑著反問。

「冰霜城樹大招風，早就為朝廷所忌，若是為此引起紛爭，不是什麼好事。」如瑄停了一下，然後說：「師父不該娶她。」

「這就是你這幾年到處遊歷所學？」百里寒冰收起笑臉，「做事變得畏首畏尾，半點男子氣概也沒有了嗎？」

「冰霜城不該捲入這麼麻煩的事情裡去，師父若是娶了她，就要為她擔下血海深仇。師父武功蓋世，冰霜城實力雄厚不假，可民不與官爭，何況對方是當今天子。」如瑄停下腳步，清朗眉目之中並無擔憂畏縮，只是陳述事實一般地說著，「普天之下，莫非王土。要是他早已覬覦冰霜城，這件事就是一個絕佳的藉口。」

「傻如瑄，如果說朝廷想要鏟除冰霜城，什麼藉口都不需要。」百里寒冰又笑了，「我知道你是在為我擔心，但沒有這個必要。」

「師父，你還是……」不要娶她，可好？

「回去休息吧。」百里寒冰為他拭去額頭上的汗水，「早點睡，明日還要參加喜筵呢。」

月過中天，一燈如豆。

如瑄還沒睡，只是倚在桌旁看著燈火發呆。

馬不停蹄趕回來，又折騰了一天，他的身體已經疲倦之極，但卻偏偏沒辦法休息。

明日，百里寒冰就要成親了。這件事在他腦子裡反覆攪著，嚴重得幾乎要混淆了他的神智。

百里寒冰，百里寒冰。從什麼時候開始，偷偷地把師父這個稱謂在心裡換成了他的名字？是十二歲？還是十三歲？如瑄不記得了，他只記得自己的眼中，從很久很久之前開始，就只有那個叫做百里寒冰的男子，就只有他一個人。

一開始總以為是敬仰，是崇拜，但不知不覺之間，這種憧憬開始在心裡沉澱，越積越深，無人訴說，無處宣洩。

愛慕？不，是比愛慕之心更重的東西。是希望他眼中只有自己，時時刻刻都在一起，除了自己誰也不要理會。

從發現這一點開始，時間便過得既緩慢又飛快。

如瑄覺得自己老了。從背負這個沉重的、把他壓得幾乎窒息的祕密開始，他就覺得自己一下子蒼老了許多。他只有十七歲，卻變得憂鬱而多愁，看見一片落葉、一點寒霜，就會覺得離逝去的日子不再遙遠。

就像現在看見閃爍的燈火，他便覺得自己的人生就像這搖曳不定的燈燭，只要燒盡了燈油或一陣清風就會熄滅，半點也由不得自己。

他長長久久地嘆了口氣，然後站起身，把燭火吹熄，慢慢走到床邊躺下。

院子裡扶疏的樹影映照在牆上，看上去猙獰恐怖，彷彿轉瞬就要將一切吞噬。

直到多年以後，直到如瑄不再叫做如瑄的時候，他還是清楚地記得那一天。

其實當時，如瑄就知道，自己一生都不會忘記這漫漫長長、好似沒有盡頭的日子。

那一天，是百里寒冰迎娶妻子的日子。

那一天，冰霜城終於有了女主人。

女主人。

站在人群後面的如瑄彎起嘴角，無聲無息地笑了。他替百里寒冰高興，他知道不管自己願不願承認，顧紫盈和百里寒冰都是天作之合。

夫妻交拜的時候，百里寒冰的臉正對著如瑄，但他的眼裡只有蒙著蓋頭，看不到臉的顧紫盈。

百里寒冰向來偏好白色，穿著大紅喜服的他，看上去就像如瑄從來不認識的人。像百里寒冰這樣超凡脫俗的人，怎麼會容忍自己的婚事如此庸俗不堪呢？

如瑄始終想不明白。

有情人，也許一個眼神就能許下終身。

如瑄畢竟還年輕，他總覺得山盟海誓應是在從容靜謐之中，眼波流轉之間完成對彼此的承諾。而不是在這吵吵鬧鬧，讓人心煩意亂的親朋好友之間，完成一個流傳千百年，早已形式大於意義的可笑儀式。

其實怎樣也好，他只是在後悔，後悔自己不遠萬里而來，居然是要看著一個心目中如神仙一樣的人，做一件凡人才做的傻事。這也就算了，只是何必讓他親眼目睹呢？

直到多年以後，直到如瑄不再叫做如瑄的時候，關於這一天的記憶，只剩下周圍的嘈雜喧鬧，還有無盡的刺目鮮紅。

大家都很開心，人人爭著向新人敬酒，作為主人的弟子，如瑄微笑著勸大家適可而止，說了一句「春宵一刻值千金」。

新人入了洞房，賓客散去，僕役們在收拾廳堂。

如瑄遠遠地站著，目光看著那扇緊閉的門扉。等到一切都收拾完畢，僕役們回房休息了，他才抬頭看了看天色，然後轉身回到自己的房間。

那一晚，如瑄拿著他八歲時就能倒背如流的《黃帝內經》，獨坐在燭燈前。

直到燈芯燃盡，只剩清冷的月光，他手裡的書還是沒放下。他一頁一頁地翻到結束，再由後面往前翻，周而復始，直到天明。

天色由暗轉明，窗外不知從哪裡飛來的喜鵲吱吱喳喳地吵個不停。

如瑄睜著布滿血絲的眼睛，愣愣地看著窗外的藍天白雲，覺得自己應該已經豁然開朗，心裡的痛都應該不會再有了。

這時，有個冒失的人推開了他的房門，他回頭去看，頓時愣了一下。

「如瑄。」推門進來的竟是百里寒冰，他披著大紅喜服，頭髮隨意地披散著，就像剛從床上起來的樣子。

他自然是剛從床上起來的。

「師父？」如瑄站了起來，卻因為血脈突然暢通，四肢痠麻，如同針扎一樣地疼痛著。但他毫不在意，甚至帶著微笑問道：「怎麼這麼早？」

「你怎麼了？」百里寒冰被他滿眼血絲、一臉蒼白的樣子嚇了一跳，轉眼看到了桌上的書籍，有些傻眼，「你一夜沒睡嗎？為什麼？」

「也許是太累了，反而睡不著。」如瑄輕描淡寫地帶過，「新婚燕爾，師父為什麼這麼早就起身了？」

「你也取笑我嗎？」百里寒冰苦笑著，「今早要去祭拜先祖，我總不能披頭散髮。偏偏這頭髮除了你，還真是沒人對付得了，我是來找你幫忙的。」

靠得近了，如瑄聞見百里寒冰身上淡淡的女子香氣，只覺得心口一陣酸澀，腥甜的味道在嘴裡徘徊不去。他趁著去床邊拿梳子的時候，張嘴把一口豔紅吐到了手巾上，然後塞到枕下。

這不是病，只是心鬱難解。把閉塞的鮮血吐出來之後，就會暢快許多。想完這些，如瑄真的覺得心裡舒服了不少。

梳子在烏黑的髮絲間穿行，如水的頭髮聚在手中，慢慢挽起。其實，這對他來說再簡單不過，他可以更快地做好這件事，只是他不願意。

一直以來，他都自私地渴望著這個時刻永遠不要結束。因為這是他和這個人最最親近的一刻，這一刻，會讓他覺得自己對於這個人來說是無可替代的。

雖然明知這只是痴心妄想。

他為這個人別上了精美絕倫的蝴蝶玉扣，那是他花了半年所得的診金，請江南一帶最著名的匠人訂製的，他只是想要博得這人一個驚訝的眼神，一句喜愛的讚美。

翩翩飛舞的玉蝴蝶，停在烏黑的頭髮上，真是完美至極。只可惜這個人匆匆忙忙地要走，根本沒有留意。看著紅色衣角消失在門外，他從袖子裡取出沒有來得及別上的另一只蝴蝶玉扣，呆呆地看著，然後又默默收回袖裡。

他和這個人，註定了不可能成雙成對。

原本，如瑄是準備立刻離開冰霜城的，但他還是留了下來。因為他的師父要求他，盡力救治他的師弟直到痊癒。

師弟，就是那個叫做「顧雨瀾」的孩子。

從名義上來說，顧雨瀾是城主夫人的侄兒，相當於是城主的親人了。但是冰霜城有許多規矩，其中一條就是除了城主的親傳弟子之外，任何人都不得修煉冰霜城獨有的內功心法。然而，這種內功有利於顧雨瀾的身體，只要堅持練習，他的體質就能慢慢強健起來，直到可以承受拔毒的程度。

這些是如瑄告訴百里寒冰的，百里寒冰聽了進去，第二天就讓顧雨瀾拜入自己門下，教授他這不能外傳的心法。

就是這樣，一切的一切都在以看不見的速度朝無可逆轉的方向改變著。就像是從前，總以為自己在他心裡是獨一無二、無可替代的存在，但隨著時間過去，卻發現未必如此。

沒有什麼東西是無法替代的，也沒有什麼人是無法替代的。就像有一天自己不存在了，對於他來說，也許會有一瞬間的遺憾惋惜，但不久之後，自己的模樣會在所有人心中逐漸變淡，直至消逝。或許他偶爾會想起，但也只是想起，是那種轉瞬就會忘卻的想起。

畢竟，沒有誰會因為另一個人而痛苦一生。

看著拜師的場面，站立在百里寒冰身後的如瑄想起了不久前發生的一件事。

不久前，他在長江邊遇到了一名輕生的女子。

醫者仁心，他自然是要上前阻止的，說的也無非是些螻蟻尚且偷生之類的老話。但令他驚奇的是，那女子目光清澈，神情從容，一點也不像一個正在自尋短見的人。

他勸說了許久，那女子笑著說不必再勸了，說自己是一定要死的。如瑄看著她從容不迫的表情，一點也不明白為何這個年輕美貌的女子會選擇將一切毀滅的死亡。

「只因為所愛之人死了，所以想要殉情？這樣太輕賤生命了。」如瑄說，「妳死去的愛人不會希望這樣，他會希望妳好好活著，尋找一個新的人，一個能代替他給妳愛的人。」

「就是因為這樣才要去死。」那女子說，「如果我現在不死，總有一天我會把他忘記。一個新的人、一份新的愛是很好，但我不願意。我這一生，只要有他就足夠了。因為沒有誰會為了另一個人而痛苦一生，就算曾經愛得死去活來也是一樣。我之所以要死，就是因為不希望有一天忘記了對他的愛。」

沒有誰會因為另一個人而痛苦一生，是嗎？

「一切煩惱，不過心魔。」靈光閃過腦海，如瑄一個字一個字地念了出來。

他曾經和五臺山的如晦和尚開過玩笑，說了無牽掛之後，索性出家當和尚算了。

一向嘻笑瘋癲的如晦，居然認真地說他有深厚的慧根，要是心甘情願捨身佛祖，那麼會是一件功德無量的事情。

他回答道：「我有太多的煩惱，六根不得清淨，沒辦法斬斷塵緣。」

當時如晦說的，就是這八個字。

一切煩惱，不過心魔。

如瑄一直不懂，什麼叫做「一切煩惱，不過心魔」。但這個瞬間，他卻突然有些明白了。

沒有誰會為了另一個人而痛苦一生。

愛和欲望，恨和痛苦，也許都是虛妄的假象。

在如瑄出神的時候，女子決然地跳進了滾滾長江，一眨眼就被急流吞沒。

就算明知這種做法極端偏頗，但在如瑄心裡，卻是羨慕著這個女子的。生死相隨，並不是每一個人都有她這樣的幸運。因為沒有誰會為了另一個人而痛苦一生，連生死相隨也許都只是一時的衝動。只要過了，慘烈的殉情一定會變成可笑的笑話。

也許就是因為這件事，所以如瑄今天才能平靜地看著百里寒冰成親，再看著那個病弱的孩子成為他的師弟。

唯一終於不再是唯一，自己不再是他唯一的弟子，更不是唯一和他最親近的人了。或許失去了這種唯一是件好事，失去了，就不會心心念念想著自己在他心中有多麼特別。也許過些時間，一轉身自己就會發現，什麼愁腸百結都只是自尋的煩惱罷了。

決定要忘記一切的如瑄卻沒有想到，他很快就會陷進一個更加無法控制的麻煩之中。

而對如瑄來說，那個麻煩幾乎摧毀了一切。

子夜呉歌

第四章

多年之後回想起，事情似乎起源於某一日的午後。

那時，如瑄正坐在自己的院子裡，挑揀著需要的藥材。陽光暖洋洋地曬在他的身上，像是驅走了所有的陰霾，讓如瑄的嘴角忍不住掛上了久違的笑容。坐在他身邊幫忙的漪明察覺到他的轉變，也跟著輕鬆了起來，不斷逗他說笑。

「漪明真是個好孩子。」如瑄摸了摸他的頭，「這麼小就知道逗人開心。」

「瑄哥哥，你又說我是孩子。」白漪明不怎麼高興地抱怨，「我很快就會長成大人的。」

「大人……做大人有什麼好的？我倒是希望永遠不要長大。」如瑄恍惚地笑了笑，「長大了你就知道，一生中最快樂的時光早就已經一去不返了。」

「不要。」白漪明固執地堅持，「我一定要快些長大，等我長大了，瑄哥哥就不會總說我是小孩子了。」

如瑄轉過目光看著身邊的漪明，在那孩子的眼睛裡，看到了超越年齡的成熟和某種異常堅定的決心。

一定要快些長大，那樣的話，他就不會把我看成什麼都不明白的孩子了。

這種念頭，自己好像也曾經有過。

「唉——」雖然隱約知道不太妥當，但如瑄一時不知道該怎麼開解才好，「猗明……」

「如瑄公子。」

如瑄轉過頭去，卻看院門外站著一個意料之外的人。他愣了一下，才連忙起身相迎。

「夫人。」他在距離顧紫盈很遠的地方停下，語氣中也不掩飾自己的生疏，「是不是師弟那裡有什麼問題？」

「不是的。」顧紫盈把他的客氣疏遠當成了性格內斂，也不怎麼在意，笑吟吟地說，「雨瀾自從跟隨寒冰習武之後，身子已經好了很多，說起來還要謝謝如瑄公子呢。」

「這些是我應該做的。」如瑄垂下眼睫，淡淡地問：「不知夫人找如瑄所為何事？」

「其實……」顧紫盈倒是有些猶豫，好一會才說道：「我今日來找公子，是為了向公子請教一件事情。」

如瑄聽完她的請求，猛地抬頭，表情詫異地看著她。

「不可以嗎？」顧紫盈被他的反應嚇了一跳，「我只是想……」

「我明白了。」如瑄打斷了她，「請夫人進來說話吧。」

轉身的時候，他只覺胸口有些發沉，卻不痛。其實也沒什麼好痛的，那裡早就空空一片，什麼也都沒有了，怎麼可能會痛呢？

兩人隨即在院中的石桌旁面對面坐下，白漪明站在如瑄身旁，不聲不響。

「是不是我太唐突了？」氣氛實在壓抑，讓顧紫盈有些不自在，「畢竟這也算不上什麼事情，我卻特地跑來打擾你。」

「夫人關心師父，如瑄能夠了解。」如瑄把目光從自己的雙手上移開，表情平靜地說，「我只是一時想不出該怎麼和夫人說清楚。」

「那就好。」顧紫盈抿嘴一笑，「你不知道，寒冰他的頭髮有多難梳好。」

「是嗎？」我怎會不知道呢。

「加上我總是笨手笨腳的，非但髮髻梳得難看，還拉斷了他不少頭髮。他倒是不在意，不過我總過意不去。」顧紫盈嘆了口氣，「你也知道我沒有陪嫁的丫鬟，伺候我的丫鬟也都不大會梳男子的髮髻，聽說是你一直幫著寒冰梳理頭髮，你不在他寧可隨意披散著。所以我想，或許你能教教我怎麼把男子的髮髻梳好。」

「師父也不是嫌別人梳得不好，只是這些年的習慣罷了。」如瑄彎了彎嘴角，「梳理頭髮這種事情也不是多難，更沒什麼訣竅，就是熟能生巧的事情。」

「是嗎？」顧紫盈朝他微微一笑，把一直握在手中的梳子遞給他，「那你示範一次給我看看，好不好？」

她說得那麼自然，如瑄不知不覺就把梳子接了過來。

「這……」如瑄看著那把梳子，認出了是百里寒冰房裡的東西，「夫人想要我怎麼示範？」

「我和寒冰的頭髮應差不多長。」顧紫盈拔下了頭上的珠釵，讓長髮披散下來，「就勞煩如瑄公子了。」

「漪明。」如瑄輕聲地吩咐，「你幫我把屋裡把鏡子拿來。」

如瑄用手挽起顧紫盈的長髮，用梳子理了幾下，不過片刻就梳成了簡單又漂亮的髮髻。

「看起來倒是簡單。」顧紫盈朝著桌上的鏡子，左右轉頭看著，「不過還是要下點功夫的。」

如瑄沒有應聲，只是再次幫她打散頭髮，挽了個簡單的女子髮髻。

「多謝如瑄公子。」顧紫盈驚訝於他的靈巧。

「夫人不用客氣。」如瑄放下梳子，退了幾步。

「還是要謝的。」顧紫盈看了看垂眉斂目的如瑄，又看了看滿眼好奇的漪明，尷尬地笑了笑，「那我這就走了。」

「夫人走好，如瑄就不送了。」他心裡倒是希望顧紫盈立刻就走。

其實剛才那麼做已經算是逾矩了，雖然他動作輕靈，除了頭髮，再沒有碰到顧紫盈半分。但顧紫盈怎麼說也是他的師母，梳頭這種略微有些親密的事情也是不應該做的。

如瑄知道自己只是一時失常，等到答應後他就後悔了。但同時他心裡也在奇怪，顧紫盈是大家閨秀出身，自然應該明白這個道理，卻不知為什麼要做出這種不合規矩的要求？

「你不用和我太過生疏。」顧紫盈臨走時對他說，「寒冰總說要視你如同親人，你我自然不能疏遠的。」

聽到這句耳熟的話，如瑄終於明白顧紫盈今天來找自己的原因。他就覺得奇怪，顧紫盈怎麼會刻意跑來和他學習梳頭，想必是百里寒冰要求她和自己多多「熟悉」的緣故。

「如瑄明白。」想不出有什麼必要，不過他還是笑了，「請夫人放心。」

他這一笑，顧紫盈倒是愣了一下。

在陽光下，如瑄的眉眼看上去淡淡的，就連嘴角的笑容也是那般淡漠飄忽。偏偏這笑容裡藏著太多看不清的東西，讓人看得心裡有些沉重。

如瑄並沒有排斥顧紫盈，雖然他看見顧紫盈多少會不大自在，卻從沒有讓她察覺到這種不自在。

但最近如瑄總是想，是不是因為自己的態度不夠明確，顧紫盈才會不時地跑來找自己。

名義上算是長輩，可他們年歲接近，過多地接觸遲早要遭人非議。如瑄每次想到這些總覺得不太妥當，他甚至婉轉暗示了幾次，但顧紫盈還是依然故我。

如瑄有些為難，因為這種事情說得太清楚不免讓人難堪。

然而如瑄的顧忌，顧紫盈卻沒有費神想過。

起初是百里寒冰對她說，如瑄等同於親人，所以要多親近一點。她不覺得有什麼困難，因為對她而言，和別人相處，進而讓別人對自己存有好感不是什麼難事。

一開始，她以為只要見過幾次，多說幾句話就能達到目的。不過，她很快發現自己的想法和現實好像不怎麼相符。

如瑄是個很容易被忽視的人，因為他太安靜了。別人說話時，他總在靜靜聆聽，用那雙清淺的眼眸淡淡地凝視著。然而清秀的臉卻總帶著輕微悒鬱，就算展露笑容的時候，也像是帶著別人所不能知的心事。

這個不過十七歲的少年有著怎樣的祕密呢？或者說，他是一個怎麼樣的人呢？明明應該是不知憂愁地生活著，為什麼他看起來卻是那麼不快樂？

顧紫盈覺得很好奇。

「夫人。」如瑄低著頭，輕聲地說，「這些事情不好勞煩夫人，我自己來就行了。」

「不礙事的，我左右也是沒事。」顧紫盈好奇地翻看著手裡的那本書，「不過我沒想到你房裡竟有這麼多書。」

「瑄哥哥。」白漪明從屋裡捧著書出來，「這些放到哪裡？」

「找個有陽光的地方攤開就好。」如瑄對白漪明說完之後，才轉頭回答顧紫盈：「我本就對武學的興趣不大，倒是喜歡看書習文，師父不願勉強，最後也就放任我了。」

「看得出來，你的興趣還真是廣泛。」顧紫盈一眼掃過如瑄整理歸置的各種書籍，「不過難得你有寒冰那樣的師父，不習武不是可惜了嗎？」

「我自知練武的資質不高，索性不習武了。」如瑄用手撫平捲曲的書頁，「再說，師父他正年輕，今後自然會遇到在武學上值得培育的弟子。」

「別人都說，他是世上最出色的劍客。」顧紫盈的笑容有些淡了，「我是個見識淺薄的女流之輩，又不會武功，自然不懂得這些。不過想起來，那也是很了不起的吧。」

「就算說是天下第一，師父也當之無愧。」

「既然他已經這麼厲害了，為何還要如此辛苦?」

「練劍對師父來說，是無法替代的事情。」如瑄自然知道百里寒冰對於武學的痴迷，「他就是為劍而生的。」

「我明白……」顧紫盈舒了口氣，「好了，不說這些，不如借兩本書給我看看吧。飽食終日，我也沒什麼事做。」

如瑄愣了一下，向她看了過去。

也不知是不是名字裡帶著「紫」字，顧紫盈好像極喜愛紫色的衣物。今日，她依舊是一身深深淺淺的紫色。整個人看來高雅脫俗，也越發楚楚動人。

她很美。原先就這麼覺得，見著了她，才知書上說的傾國傾城是什麼模樣。百里寒冰是不是也被這種美麗所迷惑了呢?但那原本應該充滿幸福的眼裡，為何有著掩藏不住的寂寞?新婚不過五六個月，為什麼她會覺得寂寞呢?百里寒冰可知道她的寂寞?

如瑄目不轉睛地看著她，直到看得出神。顧紫盈被他這麼盯著，略有些尷尬地側過臉。

「妝成祇是薰香坐……」

顧紫盈渾身一震，再回頭看時，如瑄已低頭埋在書頁之中，好似什麼都沒有說過一般。

但顧紫盈清清楚楚聽見了，如瑄只是看了一眼，竟已然明白。

百里寒冰是個體貼溫柔的丈夫，絕不會虧待自己的妻子，但是在他心中，對武學的狂熱也沒有任何東西可以與之相比。除了吃飯和處理事務的時間，百里寒冰一天中大多數時候都是一個人在劍室度過，他常常清晨就起床梳洗，等回到房裡已是深夜。

婚後的這半年，顧紫盈和他說話的時間加起來，也許都不及婚前那一個月來得多。或者，這也是婚姻的一種方式，但在顧紫盈心中，自己的婚姻卻不應該是這樣的。

愛上百里寒冰是一件很容易的事情。

直到今天，想起第一眼看到百里寒冰的情形，她的心還是會怦然作響。面對那樣完美的男人，她不信這世上有幾個女人會毫不動心。

她愛著百里寒冰，自然希望百里寒冰也能愛著自己。何況她成為了百里寒冰的妻子，這種要求在她看來是理所當然。她並沒有希望百里寒冰能像自己的父親兄弟一樣樂於閨房情趣，可她多少還是存有幻想，覺得自己能夠用真情感動他，然後就會獲得只羨鴛鴦不羨仙的一生。

不過可惜，那種決心在之後一次又一次的嘗試和一次又一次的失望挫敗中變得軟弱怯懦。不久之後，她終於了解到，對百里寒冰來說，婚姻只是必須的儀式，而非源於兩情相悅。

她甚至懷疑百里寒冰懂不懂什麼叫做兩情相悅。

百里寒冰對她確實很好，絕不會和她大聲說話，更別說口角爭執。但在別人眼裡這樣完美的婚姻，卻讓她覺得無比寂寞。她自認是一個不會輕易服輸的人，但面對自己的丈夫，卻總有一種深沉的無力感。因為百里寒冰把她看成了

「妻子」，而不是「顧紫盈」。說到底，她是嫁了一個並不冷酷，卻十分無情的人。

也許這一生，她能從這段婚姻中得到的，不過就是「相敬如賓」這四個字了。

顧紫盈還在發呆，一回神，眼前卻多了些東西。

「這些書妳拿去看吧。」如瑄把書放在她面前，淡淡地說，「看完了再過來取。」

顧紫盈看著面前的書本，輕輕地點了點頭。

「人非草木，總是有情的。」如瑄接著說，「要相處一生，不外乎相互坦誠。妳想什麼就去和他說，若是不說，他又怎麼會知道？」

「說什麼呢？該說的我都說過了。」顧紫盈笑得有些苦澀，「只是我說了，他卻好似根本不懂。」

「妳和他有一生的時間……」如瑄停下了手裡的動作，卻依舊低著頭。

「有些事情，不是時間就能改變的。」顧紫盈故作輕鬆地嘆口氣，「也許這一生，除了能待在他身邊之外，我什麼也得不到了。」

「至少……」妳這一生都能留在他身邊，如果換成是我……

如瑄閉了一下眼睛，沒有再說什麼。

「老是跑來打擾你，真不好意思。」顧紫盈環顧四周，「只是我一個人留在院子裡，總覺得心裡空蕩蕩的，那些丫鬟僕役們太守規矩，說話都是一問一答。這冰霜城就像無人的深宅大院，也只有到你這裡，我才覺得有些生活的氣味。」

如瑄跟著她往四處看了看，心裡倒是有點同意她的說法。

「我可以跟你學醫嗎？」顧紫盈突然冒出了這麼一句。

如瑄驚愕地看著她。

「我沒想過和你一樣厲害，但我也不算笨，多少能學到些皮毛。」顧紫盈解釋著自己的想法，「何況你不是也說，雨瀾今後就算痊癒，也要調養許多年嗎？那樣就算你不在城裡的時候，我也能夠照顧他了。」

「但是……」

「寒冰說你喜歡到處行走，你也不會一直留在這裡吧。」顧紫盈看著他，「想必寒冰也不會反對的。」

「若是師父的意思，如瑄自然不會推託。」

「有時候倒是覺得，生為女子是一件很遺憾的事情。」顧紫盈用手撐著下顎，不無羨慕地說，「如果是男兒身，就可以和你一樣走遍天下，過著自由自在、毫無拘束的生活了。」

「不論男女，只要是人，總有不同的煩惱。」他從未想過自己生為男兒是一件值得開心的事情，當然，那也絕不是一件需要遺憾的事情。是就是，不是就不是，這種事情怎能選擇，又何需埋怨？

「如瑄，你真是個豁達的人。」顧紫盈不知什麼時候對他改了稱呼，「像你這樣的人，似乎不應該有什麼煩惱。」

她是個很聰明細心，也很善解人意的女子。就算是妒恨，也無從恨起，這本不是任何人的錯，就好像是前世虧欠了太多而導致的因果。

「一切煩惱，不過心魔……」如瑄喃喃地說，「對著心魔，豁達有什麼用處？」

轉眼風起了，他起身走到一旁去收拾被風吹亂的書本。顧紫盈愣愣地看著他的背影，第一次發現他的身上有股摻雜著神祕和滄桑、用言語形容不出的魅力。

就算問顧紫盈，如瑄到底哪裡好，顧紫盈恐怕也說不上來。

論起外表，如瑄最多只能勉強算得上俊秀，絕對是無法與百里寒冰相比。

起初她喜歡和如瑄相處，也只是因為如瑄的溫柔。那種溫柔和百里寒冰完全不同，百里寒冰的溫柔是一眼就能看出，卻無法感覺到的。而如瑄看上去雖然沉默少言，但只要在他身邊，就能很容易地發現和感覺到他的溫柔。

除卻溫柔，如瑄的細心也是她從未遇見過的。比如只需一個眼神，他就能知道你心中所想；不用開口，他就能明白你想要說些什麼。顧紫盈只覺得和如瑄在一起的時候，就像是找到了閨閣中所憧憬的那種生活。

詩詞常言：昨夜星辰昨夜風，畫樓西畔桂堂東。身無綵鳳雙飛翼，心有靈犀一點通。

只可惜這和她心有靈犀的，偏偏是如瑄，而不是她那個完美至極的丈夫。到了這個時候，她怎麼會不明白，原來神仙眷侶，多是光風霽月的表面文章。百里寒冰、百里寒冰，這個名字就好像驚鴻掠影，一眨眼已經什麼意義都沒有了。

她不是沒有努力，她也想和百里寒冰好好談談，設想著讓兩個人的距離逐步靠近。只是剛有這個念頭的時候，她卻怯於想法被完全忽視的經歷，一直覺得無從開口，到了最後，卻是沒辦法開口，也不想再開口了。

一方面，是她對丈夫的了解越來越深；另一方面，卻是因為她開始變得依戀如瑄。並且，這種依戀一天比一天更加深濃。

當渴望的心開始慢慢空虛，接著有另一個更值得依戀的人出現的時候，一切就開始改變了。

和如瑄相比，百里寒冰的完美突然之間變成了某種缺憾。也許一開始，不能說是對如瑄動了感情，只是在寂寞的時候，總會想起這個同樣有不能言說的寂寞的人。而她總是寂寞的，於是就忍不住想看著如瑄，就算什麼話也不說，只要看著他，寂寞似乎就會消失不見了。

也不知道是為什麼，如瑄總是用一種憂傷的目光看著她，就好像是為她感到憂傷一樣。像是沉重隱諱、無法訴說的情傷，雖然她明知道那不可能是為了自己，卻還是不可自拔地陷進那種不能訴說的憂傷之中。

子夜呉歌

第五章

當發現自己想念如瑄，甚至比想念自己丈夫更加想念的時候，足足有半個月，顧紫盈再沒有踏進如瑄居住的小院。

恰巧是初一到十五，整整十五天。

那半個月，說是度日如年也不為過。顧紫盈一直確信自己足夠開朗堅強，但是現在她發覺自己正漸漸變得憂鬱脆弱。在這之前，她從來就不相信，一個人會被另一個人影響得那麼徹底，就連憂傷也像病症一樣，因短短的相聚時光而被迫染上。

十五天後，當她再一次走近如瑄的時候，她發現自己的心在顫抖。

這麼久不曾見面，如瑄……可想念過她？

如瑄轉過身來，看見是她，沉靜的表情絲毫未變，只是淡淡地說了一聲：

「妳來了啊。」

那種語氣，那種表情，就好像這十五天只是她自己一個人的十五天，對於如瑄來說，十五天和一天，並無分別。

如果說百里寒冰讓她覺得無能為力，那麼如瑄就是讓她無可奈何。她一直知道，在如瑄的心裡，有一個人，一個沒辦法取代、讓她覺得又傷心又妒恨的人。是那個人讓如瑄憂傷悒鬱，卻又不能傾訴。不知那是個什麼樣人？她可美？可好？可足夠溫柔？

她很想問，很想很想，但卻不能。顧紫盈知道自己根本無權探問，只因為自己的身分。

她自幼就生活在微妙複雜的環境裡，當然格外明白身為師母的分寸。

她是師母，他是她丈夫的弟子。輩分尊卑，早就在他們第一次見面之前就已經決定。

恨不相逢未嫁時。現在說什麼都已經太晚了，她只能偷偷地，自己一個人默默想念。她雖不甘，卻是無可奈何。千迴百轉的心思，卻不能訴之於口。

「夫人，以後就不用再過來了。」如瑄收拾好桌上的東西，突然說了這麼一句。

「為什麼？」顧紫盈站了起來，恍恍惚惚地問道。

「基礎不過這麼多，我已經沒什麼好教的。」如瑄想了想，「學醫在於實踐，以後就要靠夫人自己研習了。」

「可是……」

「家父在我年幼的時候，就曾經告誡過我，對什麼事都不能過於專注。」如瑄抬起頭，平靜地說，「特別是診病斷症，定要有超然物外之心，否則容易被病症表象迷惑，分辨不出細微處的差別。這很難做到，但我想以夫人的聰慧，很快就能明白其中道理。」

他知道了。

這一眼，這幾句話，頓時讓顧紫盈明白，如瑄知道了。知道了自己對他的心思，也知道了那些不能說的情愫。是啊，如瑄有著玲瓏剔透的心，怎麼可能會不知道？

「如瑄，我……」顧紫盈往前踏了一步。

「師母。」如瑄後退了一步。

這一聲師母，就像往顧紫盈頭上澆了一盆冷水。她的臉色發白，低著頭動了幾下嘴唇，最後還是什麼都沒說。她知道如瑄是在提醒她，他們不該太過親密。

「師父是如瑄一生中最……敬重之人。」如瑄轉過身，盯著牆面上掛著的「慎獨」二字，「只要是有可能危害到師父的事情，就算死，我也是不會去做的。」

他說得輕鬆自然，就好像這句話已經說過了千百遍一樣，充滿了不可轉圜的堅決。

顧紫盈愣愣地看著他，終於明白他們的關係就像這一進一退之間，永遠不可能會有什麼結果。而站在他們中間的人，正是百里寒冰。

「師母，我知道妳覺得寂寞，但我們誰又不寂寞呢。可寂寞是不能作為放縱自己的藉口。」如瑄淺淺地笑著，「我很了解師父，他並不是有意冷落妳，只是他向來不會把感情放在第一位，他所認知的夫妻相處，就像你們現在這樣。只要妳肯多用點心……」

「夠了！」顧紫盈大聲地打斷了他，「如瑄，你真是一個無情的人。你就和他一樣無情，不，你比他還要過分。你不明白我就算了，又何必要跟我說這些呢？」

「妳覺得我的不明白是一種罪過嗎？」如瑄回過頭，微笑的臉上帶著嘲諷。也不知是在嘲笑她，抑或嘲笑自己，「妳和他夜夜共枕而眠，不也一樣不明白他？」

顧紫盈又一次在如瑄眼中看到了那種說不出的疼痛。

「有什麼不明白的？說到底，他只是一個無情的人罷了。我是聰明，才知道他是一個愛不得的人。」她不願辯駁，也轉過身去，「如瑄你有情，但因為都給了某個人，所以才變得無情了。我也是笨，什麼人都不放在眼裡，卻盡是看中無情的男人。」

如瑄看著她走出門，無力地坐倒在椅子上，雙目緊緊地閉了起來。

喜怒哀樂，所有的感情都給了一個人，所以變得無情……

誰說不是呢？原來真正了解你的，永遠是你意想不到的人。

窗邊點著燈，桌上的茶還冒著熱氣，屋裡卻不見半個人影。百里寒冰不由得收住臉上的微笑，站在門外若有所思。

不論是什麼原因，現在已是入夜時分，他的妻子沒有理由不在房裡。他想了想，腳尖一點，躍上屋頂。沒費多大功夫，他就找到了那抹紫色的身影。

不過，三更半夜的，她跑去後院做什麼？

顧紫盈沿著九曲迴廊走近水榭。水榭裡坐著一個人，用手撐著下顎，像是在遠眺半殘明月。

「這麼好的興致，一個人在這裡賞月嗎？」顧紫盈的語氣有些奇怪，似乎是帶著些許埋怨，「又或者是在想著什麼人？」

風裡有著淡淡的酒香，百里寒冰一聞就知道那是桂花釀的味道，在這裡，只有一個人喜歡桂花釀。只見那個人轉過身來，果然正是如瑄。

「師母，這麼晚了還不睡嗎？」如瑄站了起來，倒是不怎麼意外。

如瑄喊紫盈師母？他不是說喊不習慣嗎？

「對月淺酌，你倒是愜意。」顧紫盈背對著百里寒冰，他看不見她的表情，卻明顯感覺到她不一般的情緒，「我真是好奇，到底是什麼樣的女子能讓你這麼難過傷心，卻還要一個人默默忍受相思之苦。」

「沒有什麼讓我傷心的人。」如瑄表情平靜地回答，「只是想出來透透氣，師母不也一樣？」

「不，我是因為有人傷了我的心，才會睡不著。」顧紫盈在如瑄身邊坐下，拿起桌上的酒杯，「酒入愁腸愁更愁，這道理如瑄不明白嗎？」

「只是喝酒，沒什麼愁不愁的。」如瑄笑著，「師母別把如瑄想得那麼多愁善感。」

「你別這麼笑，你不知道你這麼笑起來的時候，和他很像嗎？」顧紫盈放下酒杯，「我不喜歡你這麼笑。」

如瑄的笑容像是愣住一般，不自覺地消失了。顧紫盈側過臉，百里寒冰終於看到了她臉上的表情。

那種表情很奇怪，像是傷心……但那是傷心嗎？他的妻子為何會傷心？

「我以為我已經說得很清楚了。」如瑄的聲音很輕。

「嗯。」顧紫盈點點頭，「我懂的。」

「師父他……」

「我知道你擔心他。」顧紫盈笑了笑，「你我又沒有做什麼對不起他的事情，有什麼好慌張的？」

這是百里寒冰第一次看到如瑄無言以對，只能嘆氣的樣子。

「喝酒啊。」顧紫盈倒了酒，遞給如瑄，「這酒的香氣淡而清雅，倒是像你。」

如瑄接了過去，仰頭將杯盞裡的酒一飲而下。看到這裡，百里寒冰倒是有點吃驚。如瑄喜歡桂花釀，卻只喜歡品聞桂花的香味，而如瑄是不喝酒的。

「也不知道月圓月缺有什麼特別，為什麼總是和傷心的事情連在一起？」顧紫盈抬頭，遠遠看著天邊。

「因為世事就像月亮盈缺，總是不能時時圓滿。」應該是喝了酒的關係，如瑄的臉上有些紅暈，「人多多少少都會有所遺憾，這時免不了聯繫到自己身上，所以才有『此事古難全』的感慨。」

「此事古難全……」顧紫盈反覆念了幾次，面朝他問道：「如瑄，你覺得人一生最痛苦的事情是什麼？」

「痛苦？」如瑄在她對面坐了下來，拿起酒壺慢慢為自己倒了杯酒，「我想是不知足吧。其實擁有的已經不少了，卻總是奢望更多。」

「你是在說我嗎？」顧紫盈木然地看著他，「我知道我貪心，嫁給了寒冰卻愛上了你，只是這種事我又怎麼能預料得到？」

「誰都一樣。」如瑄歪著頭笑了笑，「是人都會得隴望蜀，對不能屬於自己的東西念念不忘。」

「如瑄。」顧紫盈問他，「這不是錯誤，對不對？」

「不對。」如瑄喝下了酒，語氣有些苦澀地說，「妳清醒一點可好？我不希望妳因為寂寞而毀了師父的美好姻緣。」

「你為什麼總是提起他？」顧紫盈咬了咬牙，「好像在你心裡，他比什麼都要重要。」

如瑄的酒杯停在嘴邊，低垂的眼中一片黯然。

「那麼你心裡的那個人呢？」顧紫盈追問著，「她和你的師父，到底誰更重要？」

「關妳什麼事？」如瑄突然抬起頭看著她，眼睛裡散發著某種顧紫盈不曾見過的光亮。

「如瑄？」顧紫盈有些被他的樣子嚇到，站起來走到他面前，「你這是怎麼了？你要是不想答，我不問就是了。」

如瑄仰頭喝下酒，桂花釀甘甜清洌，他卻更希望自己喝的是粗烈的烈酒。放下酒杯的時候，手一個不穩，杯子落到地上摔得粉碎。他低下頭，盯著那些碎片發呆。

「我活著的這十七年裡，沒有什麼能夠與他相比。」如瑄喃喃地說，「只要他覺得是最好的，那就是最好的，任何人都不能破壞，我也不行。這麼說，妳可覺得滿意？」

顧紫盈聽完只覺得眼前發黑，往前倒了過去。

如瑄沒想到她一句話不說就倒了過來，急忙伸手扶住她：「妳沒事吧？」

「如瑄，我只是不甘心，所以才一直追問……」顧紫盈閉著眼睛倚在他懷裡，聲音虛弱地說，「我並沒有要傷你的意思。」

如瑄習慣性地按上了她的腕脈。

感覺如瑄按在自己手腕上的指尖剎那之間變得冰涼，顧紫盈吃力地睜開眼睛。

「最近這些天一直不舒服嗎？」如瑄原本泛紅的臉突然變得蒼白如紙。

「有點，不過也是像今天這樣，轉眼就好了。」顧紫盈皺了皺眉，「我這是……」

「沒什麼。」如瑄扶她站穩之後就收回了手，「夜深露重，師母應該小心身體，還是回房去吧。」

「如瑄……」

「難道我說得不夠清楚嗎？」如瑄略微抬高聲音，「妳走吧。」

顧紫盈哪裡見過他這個樣子，忍不住往後退了半步。

「回去吧。」如瑄也察覺到自己的失態，連忙轉過身努力調整呼吸，「我想一個人待著。」

「那好，我走了。」顧紫盈雖然不太甘願，但還是一步三回頭地離開了。

如瑄站在迴廊上，不論抬頭俯首，眼裡都是殘缺的明月。月影搖曳，水波蕩漾，銀色月華晃得他腦海一片昏沉。

怎麼辦？該怎麼辦？不如……只要隱密一點，沒有人會發現的……不，不行不行！怎麼能有這麼可怕的念頭，那可是……

如瑄抓著欄杆的手被汗浸得濕透，突然一滑，整個人重心不穩地往前倒去。眼見就要落進池裡，卻突然被人攔腰一攬，千鈞一髮地被拉了回來。

「如瑄，你這是想下水撈月嗎？」耳邊響起了熟悉的聲音，「還是準備讓冰霜城裡多出一個淹死的酒鬼？」

「師父……」

「我記得你不喝酒啊，怎麼今晚好像喝了許多？」百里寒冰看了看桌上傾倒的酒壺和地上的碎片，「有什麼煩心的事嗎？」

「師父……」如瑄轉過身來面對他，看著百里寒冰在月色裡笑意盎然的臉，神智逐漸清醒過來，「你怎麼會在這裡？」

「我剛剛從劍室出來，正想回房，經過這裡就看見你了。」百里寒冰左右看了看他，「如瑄，才幾日不見，怎麼氣色變得這麼差？是病了嗎？」

「沒事的。」如瑄閉上眼睛，把頭靠在他的肩上。

「你今天是怎麼了？」百里寒冰笑著問，「這麼大了還對師父撒嬌，羞不羞啊。」

如瑄沒有回答，只是笑了一笑。

「如瑄，是不是出了什麼事？」百里寒冰用指尖順著如瑄有些凌亂的髮尾，「居然學別人借酒消愁，有什麼事不能和我說說嗎？」

「真的沒事。」如瑄搖了搖頭，把頭靠在他的頸邊，「師父，你讓我靠一會，一會就好了。」

百里寒冰的動作略略一停，然後露出寵溺的笑容，摸了摸他的頭髮。

「我們第一次見面的時候，」如瑄突然說，「師父你還記得嗎？」

「嗯。」百里寒冰回答，「我記得，那天下著大雪，你還差點被馬踩到。」

「那個時候我又冷又餓，已經不太清醒了。」如瑄輕聲地說著，「你騎著馬從風雪裡出現，就好像天上來的神仙一樣。」

「傻如瑄。」百里寒冰笑出聲，「你那時死命抱著我，說什麼也不肯放手，最後我沒辦法，只能把你帶回來了。」

「那已經是很久以前的事情了。」如瑄嘆了口氣，臉上又漾起一絲笑容，「就好像是上輩子的事了……」

「哪有那麼久，不過就是幾年之前。」

「是嗎？我怎麼覺得像是過了很久？」所以時時想著，自己是不是生來就在等待那個漫天風雪的日子，等著那一天，等著遇見這個人，「也許是我糊塗了吧，我的記性一向不好。」

「你覺得太久，可我卻覺得像昨天的事。」百里寒冰側頭看他，「但是一轉眼你都已經這麼大了，真希望時間不要過得太快，讓你永遠都是那個小小的如瑄，該有多好啊。」

「是啊。」如瑄抬起頭，「為什麼時間會過得如此之快？要是永遠停留在當初該有多好。」

「傻瓜，怎麼可能……」百里寒冰突然停了下來，看向通往花園外的小徑。

過了片刻，如瑄也聽到了急促的腳步聲。

「瑄少爺！瑄少爺！瑄少爺你在哪裡？」

如瑄一愣，然後回應著呼喊：「我在這裡。」

朦朧的光線照了過來，原來喊人的是個手裡提著燈籠的丫鬟。

「城主？」那丫鬟看到百里寒冰嚇了一跳，連忙行了個禮。

「怎麼了？」百里寒冰認出那是自己院裡的丫鬟。

「方才夫人難受得厲害，突然就暈過去了。」丫鬟答道，「還請瑄少爺過去看看。」

如瑄臉色微變，不自覺地往後退了幾步。

「是嗎？那就快些過去。」百里寒冰皺起眉頭，「怎麼突然會暈倒了呢？」

「師……」如瑄才剛要開口，就見百里寒冰回頭看著自己。

百里寒冰烏黑的眼眸像池水一般沉靜。

「如瑄，來吧。」百里寒冰朝他伸出手，「我帶你過去。」

如瑄遞上了自己的手，百里寒冰一把將之握住。如瑄冰涼的手指顫了一顫，

百里寒冰抓緊了他，足尖一點，已經踏上了院牆。

「師父……」如瑄的聲音在風裡不太分明，「你別擔心，不會有事的。」

如瑄坐在床邊，面無表情地看著顧紫盈蒼白憔悴的臉。

「如瑄。」百里寒冰看他許久都不說話，輕聲地喊他。

「只是一時氣血不和引起驚厥，不礙事的。」如瑄站了起來，低頭撫了撫

十分平整的衣服，再抬頭時臉上已經帶著笑容，「恭喜師父。」

百里寒冰一愣。

「師母她不是生病，而是有身孕了。」如瑄聲音平穩地說，「差不多已經

兩個月了。」

「真的嗎？」百里寒冰的臉上流露出欣喜，但轉而又有些憂色，「不過紫盈這樣，沒有問題嗎？」

「不用擔心，人的反應各有不同，就算稍微激烈一些，也屬正常。」如瑄走到桌邊，拿起準備好的紙筆寫了起來，「好好休息，再服用些安胎養氣的藥物就行了。」

「如瑄，百里家就要有後了嗎？」百里寒冰站在床邊，彎腰幫顧紫盈蓋好被子。

「嗯。」如瑄的筆尖一抖，染花了紙張的一角，只得把紙揉了重新寫過。看著床上沉睡的妻子，百里寒冰的臉上漾出笑容。等回過神來想起如瑄，卻發現桌邊只剩筆墨，人不知何時已經不在了。

如瑄沒有離開，他就站在院裡的桂花樹下。月光透過繁盛枝葉，斑斑駁駁地灑落在他身上，從這裡看去，那素淡的身影綽約縹緲，像是隨時都會消散不見。百里寒冰搖了搖頭，覺得自己這種想法簡直有些可笑。

「如瑄。」他帶著愉悅的笑容，慢慢地走了過去。

「我已經找人去配藥煎煮了。」如瑄略略避開了他的視線，「師父怎麼不在屋裡陪著師母？」

「她不是還要休息一陣才會醒嗎？」百里寒冰走到他的面前，柔聲說道，「趁著這個時候，你和我一起去給祖先們上香吧。」

「是……啊，不行。」如瑄點頭之後才意識到自己說了什麼，頓時慌張了起來，「我不是百里家的人，不能踏足祠堂的。」

「你雖然不姓百里，但在我心裡，你就像我的家人一樣。」百里寒冰一臉無所謂，「來吧，和我一起去給祖先們上一柱香，祝賀百里家終於有後了。」

陰暗的祠堂裡，充滿了濃郁的熏香氣味。如瑄跟在百里寒冰身側燃香叩拜，接著幫他把香插在了香案上。

「後代寒冰在此向百里家列代先祖啟告，夫人紫盈已有身孕，我百里家終於有後了。」

百里寒冰低沉的聲音從身後傳來，如瑄站在那裡聽著，目光從香案、先祖們的畫像，一直上移到了屋脊。

人真的很奇怪，明明來時孑然一身，卻要背負起不能推卸的責任。就像祖先，就像後代。長明燈從高高的房梁垂落，昏暗的燈光照在漆黑的牌位上，讓人心中惶惶。

百里寒冰從地上站了起來，目光停駐在如瑄身上。

如瑄背對著他，站在光影的交界，仰頭看著屋頂，依舊是那樣茫然而又孤寂的模樣。

最近傳授雨瀾武功口訣的時候，他免不了想起了如瑄。雨瀾和如瑄小的時候有些相似，一樣安靜，一樣聰明，只是雨瀾性情冷淡高傲些，而如瑄則溫柔貼心，讓人忍不住地心疼。但現在的如瑄，已經長大了。

「如瑄。」百里寒冰喊他，「你怎麼了？」

「師父。」如瑄回過頭來，眼眸裡閃過一絲百里寒冰不甚了解的情緒，「對你來說，人生中最大的痛苦是什麼？」

「最大的痛苦？」百里寒冰想了想，「似乎沒有。」

「嗯。」如瑄轉過身去，「也是吧。」

「如瑄，怎麼了？你今天好像有些奇怪。」百里寒冰走到他的身邊，「你有什麼話要對我說嗎？」

「說什麼？」如瑄搖了搖頭，「我們的痛苦完全不同，就算我說了，你也不會懂的。」

「如瑄？」

「師父，如瑄喝了酒，可能醉了。」如瑄扶著自己的額頭，「若是言語上有什麼冒犯，還請師父見諒。」

「沒什麼。」百里寒冰若有所思地望著他，「只是我不明白……」

「要是沒什麼事，徒弟就先告退了。」如瑄拱手行禮，轉身退了出去。

「如瑄。」在他踏出門外的一刻，百里寒冰喊住了他，「這兩年出門在外，你好像連性格都變了許多。」

「師父不也是一樣嗎？」如瑄輕聲回答，「如瑄不是從前的如瑄，師父又何嘗是從前的師父？我們都已經變了。」

「我不明白。」

「師父對如瑄來說，是十分重要的人。」如瑄淡淡地說，「如瑄只希望師父記住，不論發生什麼事，師父永遠是如瑄最重要的人。」

百里寒冰沒有再說什麼，只是面無表情地目送著他離開。

子夜呉歌

第六章

如瑄站在百里寒冰的劍室外，他在那裡站了許久，卻一直沒有伸手敲門。

自從那天晚上之後，就一直沒有見過面，師父這幾天把自己關在劍室裡，不知是為了什麼。

「你準備在那裡站到什麼時候？」百里寒冰的聲音從房裡傳了出來。

如瑄的眼皮突然一陣急跳，他深深地吸了一口氣，伸手推開門。

屋裡很安靜，百里寒冰坐在絲絲縷縷的陽光裡，拿著白色絲絹，正在仔細擦拭手中的長劍。不論從哪一個角度來看，他都是那麼完美無瑕。

「師父，找我來有什麼事嗎？」那種不可觸及的模樣，刺痛了如瑄的雙眼。

百里寒冰紅潤削薄的嘴唇微微抿了抿，卻沒有開口說話，依舊專心致志地擦著手裡的劍。

如瑄站在那裡看著。

他並不貪心，他所盼望的，不過就是能夠這樣安靜地看著這個人，要是時間能夠靜止在這一刻也就足夠了。

百里寒冰側過頭，看到了如瑄唇畔的微笑。

他還依稀記得，如瑄笑起來的時候，右側臉頰會浮現一個淺淺的酒窩。但如瑄本來就不是喜歡笑的孩子，而且隨著年歲增長，如瑄臉上的笑容越來越少，最多也只能見到這般淡淡的微笑。他一直以為這是如瑄性格內斂的緣故，但現在看來卻未必如此。難道說這些年來，如瑄其實很不快樂？

「如瑄。」他把劍平放在自己膝上，「我當初是不是不該把你留在冰霜城裡？」

「為什麼這麼說？」雖然心裡發顫，但如瑄依舊平靜地問，「師父是不是後悔當初救了如瑄？」

「你知道我不是這個意思。」百里寒冰招手讓他過來，「冰霜城並不是適合孩子成長的地方，我在想，如果我當初把你帶回來之後沒有收你為徒，如果你不是在這裡長大，或許會比現在開心許多吧。」

「或許吧。」如瑄慢慢地走到他面前，「可我記得師父你也說過，這世上沒有發生的事就是沒有發生，說『如果』是沒有意義的。」

「如瑄，你……」

「師父有什麼和如瑄說的，直說就是了。」如瑄一手背在身後，緊緊地握成拳，「對如瑄，師父不需有什麼顧忌。」

「看來，你的確是猜到了。」百里寒冰拿起身邊的劍鞘，把長劍收進鞘中。

「是……關於那天晚上的事嗎？」如瑄的手用力一握。

「那天晚上，我的確聽到了你和紫盈的談話。」說這句話的時候，百里寒冰看不出什麼情緒波動，「昨晚我和紫盈談過了，她親口告訴我，她愛上了你。」

如瑄喃喃地說：「她真的這麼說了。」

「說實話，我從來沒過會發生這樣的事情。」除了聲音稍微低沉外，百里寒冰的口氣十分漠然，「昨晚，我問她為什麼，她說她嫁給我只是被我完美的外表迷惑，但她愛上你，卻是一點一滴地愛上了活生生的如瑄。」

「怎麼會呢?」如瑄努力地想要笑一笑,「我和她相處的時間並不長……」

「我和她相識一個月就成親了。」百里寒冰扯動了一下嘴角,「她說她和你在一起的時間,比和我在一起的時間多上許多。她還說,她對我而言,只是一個可有可無的擺設。你說好笑不好笑,明明夜夜同床共枕,她卻說我們之間的距離太過遙遠……但這『遙遠』又是什麼意思?」

「我不知道……」

「我不知道她到底想要我怎麼做?除了不能時時陪伴在她身邊之外,我自認沒有虧待過她,這樣難道還不夠嗎?」百里寒冰想了想,有些為難地問,「如瑄,我這麼問她的時候,她說我根本不懂得什麼叫愛。既然她愛上了你,那麼你一定懂的,你說,她到底想要的是什麼樣的『愛』?」

「你不是因為愛她嗎?」如瑄用很低的聲音問,「那你為什麼要娶她?」

「因為冰霜城需要她,我也是。」百里寒冰慢慢地走到他身邊,「第一眼看到她,我就希望她能成為我的妻子。」

「你就是這樣對她說的？」用這種口氣、這種語調？

「我只是說出心裡的想法。」

「可是師父，如果其他人遇到這種事情，絕對不可能像你這麼冷靜的。」

如瑄覺得心裡似乎翻騰著一些莫名的情緒，「雖然什麼都沒有發生，但她畢竟是你自己選的妻子，這種事對你而言幾乎是一種背叛，為什麼你還能如此理智地問出這種問題？」

「你是在為她鳴不平嗎？你為何借酒消愁，你的愁又是從哪裡來？」百里寒冰抬頭看他，「如瑄你告訴我，你拒絕她到底是因為你不喜歡她，還是因為她是我妻子的緣故？」

「我想，你可能永遠都不會明白她想要什麼。」如瑄都不知道自己要如何面對這個人了，「她嫁給你，也許真的是一件不幸的事。」

兩人長長久久地沉默著。

陽光照在百里寒冰的臉上，他長長的睫毛在光潔如玉的臉上投下一片陰影。如瑄看著看著，只覺得一口氣哽在喉中，吐也吐不出來。

「那麼，師父到底想要我怎麼做？」他費了很大的力氣，才讓自己保持冷靜。

「你走吧。」百里寒冰平和地說，「出了這種事情，冰霜城已經容不下你了。」

「好。」如瑄點點頭，「我暫時離開一陣子，等到……」

「如瑄，我的意思你應該明白。」百里寒冰嘆了口氣，「我本不想這樣絕情，但我別無選擇。」

如瑄眼前突然一片漆黑，什麼都看不到，什麼都聽不見。

冰霜城容不下他了，百里寒冰終於要把他趕走了。

「不。」他低聲喊著，然後聲音越來越高，「我不走，我哪裡也不去，我就算要死，也要死在冰霜城裡！」

要死，也要死在你的身邊。

「如瑄，我知道這麼做對你不公平。」百里寒冰等他喊完之後，輕飄飄地朝他說著，「如果你真的不願意走，那就留下好了。」

「為什麼？」他兩種截然不同的態度讓如瑄覺得無所適從，「為什麼你先是要我走，轉眼卻願意讓我留下？」

「我說過了，這件事本不是你的錯，我沒有理由要你為此負責。自從我把你帶回冰霜城，就把你看做這城裡的一分子。雖然作為紫盈的丈夫，我不能容你留在我們夫妻之間，但作為和你相處多年的師父，我也不能這麼不由分說地趕你走。」百里寒冰從椅子上站了起來，「我給你兩個選擇，一是離開，雖然今後你不能再踏進冰霜城，但我們仍有師徒的名分；二是你要留下也可以，但從這一刻開始，你就只是寄住在這裡的客人，我和你也不再是師徒。」

如瑄握緊拳頭，不敢看百里寒冰離去的背影。

「妳已經聽到了吧。」百里寒冰的聲音傳進他的耳裡，「妳不是有話要和他說嗎？」

如瑄睜開眼睛，穿著紫衣的絕色麗人站在門外和他對望。

「不用了，」顧紫盈的目光有些奇怪，「我還沒想好要怎麼和他說……」

百里寒冰頭也不回地走了。

如瑄坐倒在椅子上，只覺心口一陣陣絞痛。

顧紫盈看了他好一會，便也轉身離開了。

掌燈時分，顧紫盈派人請來了如瑄。

如瑄到花園裡的時候，她正坐在桌邊，桌上放著一罈桂花釀。

「你來了。」顧紫盈指了指對面的座位，「坐吧。」

如瑄並沒有立刻坐下，他的目光不由自主地看向了不遠處的太湖石。

「他不在這裡，這裡只有我和你兩個人。」顧紫盈彎了彎嘴角，「這是最後的談話。」

「師母，我……」

「我到今天才知道，你心裡的那個人是他。」顧紫盈一點準備的機會也沒有留給他，就這樣把他心中隱藏最深的祕密生生地挖了出來，「我說得沒錯吧？」

如瑄的臉色一陣發白，整個人僵硬了許久，最後吃力地點了點頭。

「呵呵……哈哈哈哈……」顧紫盈笑著，「原來是真的……」

「妳別這麼激動。」如瑄咬著牙，「對孩子不好……」

「孩子？」顧紫盈停下笑聲，摸了摸自己平坦的腹部，「他來得還真是時候，比起我，你更關心這個孩子，因為這是他的孩子，對不對？」

如瑄張了張嘴，卻什麼也說不出來。

「他一直很看重你。」顧紫盈揚起眉，「要是他知道自己鍾愛的弟子居然……」

「妳要什麼？」

「你緊張嗎？你怕我告訴他嗎？」顧紫盈抬起頭，直直地盯著他。

如瑄後退了一步，心裡一陣驚慌。

「你看看你，我只是這麼一說，你就怕成這樣子。」顧紫盈走到他面前，伸手幫他把頭髮理到耳後，「你愛他，到底愛得有多深呢？」

「不……不是……我只是對他……」

「真該讓他看看你現在的樣子，或者你今天在他身後的表情。」顧紫盈的眼睛流露出憐憫一般的神情，「如瑄，我真替你不值。」

如瑄一咬牙，直挺挺地跪了下去。

「你這是做什麼？」顧紫盈訝異地問，「男兒膝下有黃金，你跪我做什麼？」

「我求求妳，不要告訴他。」

「你啊，實在是個情深意重的人。」顧紫盈咬著牙說，「你走吧，我再也不要看到你了。」

「妳是什麼意思？」如瑄一陣暈眩，「妳是要讓我……」

「不錯，我不但要你走，還你要對我發誓。」顧紫盈冷漠地說，「發誓你再也不會見他，要是有違誓言，那麼你們就會形同陌路、反目成仇。」

「妳……」如瑄瞪著她，「妳為什麼要……」

「為什麼要這麼殘忍？」顧紫盈點點頭，「我承認我很過分，但我嫉妒得快要瘋了。如瑄啊如瑄，為何這世上你什麼人不愛，偏偏就愛上了他呢？」

「這不是錯誤……」

「對，這不是錯誤。可就算你不走，又能夠得到什麼呢？」這話，和如瑄當初對她說的那麼相似，看到如瑄痛苦的模樣，顧紫盈的心也痛苦不堪，但卻也冉冉升起一股殘忍的快意。

原來，當一個殘忍又自私的人，是一件這麼痛快的事。既然我得不到，那就誰也別想得到。

兩雙對視的眼睛裡，充斥著赤裸裸的傷痛，最後，如瑄終於先移開了目光。

「我明白了。」他從地上站了起來，「我走，我不會再見他了。反正……反正遲早也會有這麼一天。」

「你就這樣答應了嗎？」聽見他這麼爽快地答應，顧紫盈呆住了。

「我說過，只要他覺得怎樣最好，那就最好的。」在心裡打定了主意，如瑄臉上倒是沒有太多眷戀不捨，「天下無不散的筵席，我終究不是他的親人，不可能一生都陪伴在他身邊。」

他那樣安然平淡地說著，沒有絲毫悽惻纏綿的痛苦，就好像未曾有過一絲留戀。

「你越是這樣，我越是忍不住去恨他……」淚水從顧紫盈的臉頰滑落下來，「你告訴我，他到底哪裡好呢？」

「對我來說，人生最大的痛苦，就是不知足。」如瑄拿起桌上的酒壺，「紫盈，妳我相聚雖短，但我總覺得與妳相知甚深。現在想想，其實因為我們兩個很像，我們都是不知足的人。」

「你知道什麼啊，你什麼都不知道……」自己只是為了報復，而如瑄他卻……

「有時候，人要騙騙自己才能活得快樂。」如瑄遞給她一杯酒，「今天這一分別，也許一生都不會再相見了。紫盈，我敬妳一杯。」

「如瑄，如果你不在了，我想我很快就會死的。」顧紫盈愣愣地看著他。

「說什麼傻話，妳和我不過認識片刻時光，要是妳因我而死，妳就是這世上最愚蠢的女人。」如瑄笑著回答她，「沒有誰會為了另一個人而痛苦一生。」

「你呢？你是不是也不會為了而他痛苦一生？」顧紫盈垂下目光，「他是個無情的人，永遠不會明白……」

「當然不會。」如瑄握著酒杯，嘴角含著笑意，「不出幾年，我便會把一切都忘了，高高興興地浪跡天涯，想想都覺得開心。」

他轉身朝著明月舉杯，然後仰頭喝了下去。

「不知道為什麼，」顧紫盈在他身後幽幽地說，「我突然覺得他應該知道。」

「那麼，等我死了吧。」如瑄長長地舒了口氣，「等我死了以後，等到他已經忘了我是誰的時候，妳再替我告訴他。」

顧紫盈背對他坐下，默默地低頭坐著。

「到了那個時候，妳就和他說，如瑄對他……」如瑄的聲音停了下來，然後嘆了口氣，「算了，還是別說了。」

今天是滿月，天高風暖，兩三點明星疏疏朗朗綴在天邊。

「沒事，遠或近，對我都是一樣的，至少還能天涯共此時……」如瑄對自己說，「明天應該是個適合遠行的好天氣。」

顧紫盈終於忍不住，掩面痛哭了起來。

百里寒冰還是坐在那裡，仔細擦拭著他的劍。輕緩熟悉的腳步聲在門外停住，他一聽就知道是誰來了。

「多謝百里城主這些年來的照顧。」如瑄停在門外，用他一貫輕柔的聲音說，「我本想磕頭叩謝，但百里城主對我的恩德不是磕幾個頭就可以償還，我也就不多此一舉了。」

「你喊我什麼？」百里寒冰皺了下眉，「我說過了，若是你選擇……」

「我離開冰霜城，也就不再是百里城主的徒弟。」如瑄輕聲重複，然後輕聲地笑了，「雖然城主寬宏大量，我卻無顏再以弟子自居。」

「如瑄。」聽到如瑄這麼對自己說話，百里寒冰有些不悅地皺了下眉頭，「我想不出兩全其美的辦法。」

「這種事情不兩敗俱傷已是難得，怎麼可能兩全其美？」如瑄點點頭，「妻子和自己的徒弟有染，這樣處理已經是寬宏大量了。」

「如瑄，你的性格我最清楚不過，我知道你絕不會做對不起我的事情。」百里寒冰往前走了兩步，「但你繼續留在這裡，對你對我對她都不是什麼好事。」

「城主儘管放心，我今生不會再踏進冰霜城半步。」如瑄背轉身，「還有……百里寒冰，別以為你有多了解我。我之所以主動離開，絕不是為了什麼師徒情分。我可以告訴你，其實在我心裡，從來沒有把你當成我的師父。」

百里寒冰目送他的背影慢慢融進陽光，最終消失不見。他反手一擲，原本是想把手裡的劍擲回劍鞘，卻不知怎麼地，挾裹著真氣的劍竟插進了劍鞘旁的青石地面。

隔了半晌，百里寒冰回頭看了看，眉頭又是緊鎖幾分。

一入夜，「綾羅小敘」就成了蘇州城裡極為著名的去處。

雖說一樣都是勾欄楚館，但比起蘇州城裡其他的青樓樂坊，「綾羅小敘」硬是多了幾分風雅清靜，於是便成了「風流卻不下流」的士大夫們最愛流連的地方。

庭園被樓臺環繞，宛如一個偌大的天井。在那中央，卻別有匠心地設計了一方繞水準臺。

六七人散坐在人工建造的狹小水道旁，輕盈的碗碟順著水流在曲折的水道中漂流，一旦停在誰的面前不動，誰就要照著其中的要求作詩嬉戲。

這是時下文人們熱衷的一種遊戲，叫做「曲水流觴」。

碗碟最終在一個穿著藍衣的青年面前停下，他淡淡一笑，用修長的手指夾過置於其上的紙箋。

「來往不逢人，長歌楚天碧。」

一聽他念出題目，原本有些意興闌珊的眾人立刻振作精神，開始起鬨。

「每回這些古怪的題目，怎麼都剛巧停在我前面？」話是這麼說，倒也不見他生氣，臉上還是帶著笑意。

「如瑄，你不是想要借故推脫吧？難道你忘了早先訂下的規矩不成？」離他最近的錦衣青年刻意大聲說著，「先跟你說好，今天要是一轉身你又不見，我可不會善罷甘休的。」

倚在二樓欄杆上俯看的客人們都跟著哄鬧起來，一時間只聽見慫恿激勵的聲音不斷，原本靜謐優雅的庭園一下子變得紛亂嘈雜。如瑄抬眼望著四周，看到人們群情激動的模樣，沒好氣地哼了一聲。

那個錦衣青年舉起手來，嘈雜的聲音便即刻停歇了。

「既然靖南侯都這麼說了，我這升斗小民哪敢有異議？」如瑄一手拈著紙箋，另一隻手懶洋洋地屈指彈著，「就算上面寫了要我彩衣娛眾，我不也得認了嗎？」

「你倒真是會說。」靖南侯慕容舒意瞪著他，「上次那張『登高遠眺思故人，淚失前襟泣聲悲』的紙箋，不是你寫的嗎？」

「不是。」如瑄立刻矢口否認。

「那說用辣椒擦眼睛的總是你了吧！」慕容舒意激動起來，「你倒好，說一句話，讓我眼睛腫了整整三日。」

「那是司徒先生在問，不知怎樣才能讓人不由自主失聲悲哭，我不過說了指天椒擦在眼睛上無害罷了。」如瑄轉頭朝另一邊看去，「你說是不是，司徒先生？」

名滿天下的江南才子司徒朝暉笑著點頭，算是回應了他的問話。

「算了算了，事情過去就算了。」慕容舒意一想起前些時候自己站在屋頂上淚流滿面，放聲痛哭的悲慘經歷，更是下定決心要好好報復他一番。「你可別想岔開話題，我們都等著看你如何『長歌楚天碧』呢。」

「唱就唱吧。」如瑄接過司徒朝暉遞來的酒杯一飲而盡，挑眉回答，「這有什麼難的？」

「好。」慕容舒意大聲說，「取鼓過來，本侯爺今天要親自為如瑄奏樂。」

如瑄知道他這是有意搗亂，才要開口，卻聽見對面的司徒朝暉說了一聲：「把我的琵琶也一同取來。」

「你這傢伙！」慕容舒意拿了身旁擦手的巾布丟他，「是如瑄應題，你來湊什麼熱鬧？」

「這遊戲大家都有分。」司徒朝暉側臉閃過，笑意盈盈地說，「怎麼只准侯爺擊鼓，不許書生彈琵琶嗎？」

「你老老實實說清楚，什麼時候和如瑄這麼要好了？」慕容舒意佯裝不滿，「還有，論交情我們兩個也不錯吧？可怎麼一輪到我倒楣，你就在旁邊看好戲，從來不說要幫我的忙？」

「不是也幫過？」司徒朝暉和如瑄對望一眼，都在對方眼中看到笑意，「我上次也問，要怎麼能才能讓王爺哭得渾然天成啊。」

說笑之間，鼓和琵琶都取來了，眾人也都各自站好了位置。

慕容舒意把闊長的袖子挽起，用帶子繫在臂上，額間還紮了豔紅的飄帶。他本就長得俊秀，這樣一來越發顯得唇紅齒白，看上去英姿颯爽。

「瞧你倒還認真起來了。」如瑄也站了起來，伸手敲了敲那面比自己還高的羊皮大鼓，似笑非笑地看著他，「那就別敲破了音，害我跟著跑調啊。」

「你這是小看本侯爺。」慕容舒意仰起頭，得意地說，「不信你問問司徒，本侯爺的鼓樂可是天下一絕，等閒之人還無緣欣賞呢。」

「嘴上說說可是人人都會，手下才能見真功夫。」坐在一旁的司徒朝暉五指虛按琴弦，輕輕調著音色，一派閒散舒適。

慕容舒意知道自己嘴上功夫遠不及他們犀利，也就懶得繼續爭辯，揚槌擊上了鼓面。

子夜呉歌

第七章

鼓聲響起，一聲一聲，雄渾壯闊。

司徒朝暉順著音色指動勾弦，琵琶聲清越流淌，就連震天鼓響也無法將之掩蓋。

如瑄靠在鼓架上輕敲著拍子，只聽見他高聲唱道：「青青園中葵，朝露待日晞。陽春布德澤，萬物生光輝……」

慕容舒意本是想趁著他音高之時故意搗亂，卻每每被司徒朝暉的琵琶滑弦帶過。到後來，只見司徒朝暉五指輪轉，慕容舒意終究是跟不上了，只得恨恨地停了下來。

這時如瑄正唱到「百川東到海，何時復西歸。少壯不努力，老大徒傷悲」。到這裡，他笑著望向慕容舒意，慕容舒意原本正在瞪他，聽到這裡也是放聲笑了出來。

鼓聲驟然停下，歌聲也已漸歇，卻聽見琵琶由急至緩，最後冷冷成調，說不出地凄婉傷懷。

如瑄一愣，用低沉的聲音跟著曲調吟唱，配著三聲兩斷的琵琶，竟有種說不出的淒涼纏綿。

「白雪停陰岡，丹華耀陽林。何必絲與竹，山水有清音。未嘗經辛苦，無故強相矜。欲知千里寒，但看井水冰。果欲結金蘭，但看松柏林。經霜不墮地，歲寒無異心。適見三陽日，寒蟬已復鳴。感時為歡嘆，白髮綠鬢生……」

慕容舒意站在那裡，握著鼓槌的手垂了下來。聽到這悲涼哀泣之聲，他心裡倒是後悔起來。不該讓他唱的，好好的遊戲行樂，被這種沉重憂傷的歌聲一攪，誰還會有遊樂的興致。

如瑄的歌聲讓原本歡聲笑語的庭園沉寂了下來。餘音還在繞梁，卻突然聽見「轟」的一聲巨響。所有人都嚇了一跳，轉眼一看卻是身分尊貴的靖南侯把鼓槌朝著鼓面擲了過去。

「唱完了沒有？唱完就散了。」慕容舒意揮揮手，「你們也是，沒什麼好看的，散了散了。」

「要散那就散吧。」如瑄笑了一笑，有些步履不穩地站直身子。

司徒朝暉把琵琶遞給僕役，負手站在那裡，饒有興味地看著似乎有些醉態的如瑄。

「等一下。」大家紛紛亂亂往門外走去的時候，慕容舒意一把拉住了如瑄。

「不是你讓散的？」如瑄慢吞吞地回頭看他，「我也正好倦了。」

「我們散了，今夜你不如就在這裡留宿吧。」慕容舒意湊近他耳邊，「明珠姑娘可是對你朝思暮想了許久，如瑄，你倒是做一回憐香惜玉的人啊。」

「不了。」如瑄搖了搖頭，「我不慣在外留宿，這就回去了。」

「你這人也真是，不知多少人等著明珠姑娘秀目垂青，你卻總是百般推託。」慕容舒意捶了他一拳，「她怎麼偏偏對你這無情之人念念不忘呢？」

「侯爺這是在吃醋？」

「也不是沒有。」慕容舒意大大方方地承認，「不過既然流水無情，我也無意去逐那流水就是了。」

如瑄也不回頭，舉手道別，一個人慢慢悠悠地走了。

「司徒，你有沒有覺得奇怪？」慕容舒意撫著下巴，若有所思地問，「你說最近這段時間，如瑄是不是變得有些古怪？」

「有嗎？」司徒朝暉繫著披風的帶子，慢條斯理地問，「哪裡古怪了？」

「哪裡不古怪？」慕容舒意一臉困惑，「雖然認識好些年了，可我記得他以前從來不喜歡和我們出來喝酒玩樂，就連找他說話也是一臉懶散敷衍的樣子，只喜歡待在屋子裡擺弄那些草藥，我還以為他是個呆板無趣的人呢。沒想到這兩年，他卻突然變得開朗活潑起來，據說就連在家裡也是鎮日淺酌自弈，幾乎不再踏足藥廬了。」

「這不是好事嗎？也許他終於理解人生苦短，必須及時行樂這個道理。」

司徒朝暉斜睨了他一眼，「倒是侯爺你什麼時候變得這般關心朋友了？居然還找人打聽他平日在家中的生活？」

「只是覺得百思不解。」慕容舒意嘆了口氣，「他這樣醉心醫術的人，突然之間愛上玩樂，就好比你突然之間說放棄風花雪月，決定要考取功名為國效力一般不可思議啊。」

「你這話什麼意思？」司徒朝暉有些不滿地瞪著他，「你的意思是我放浪形骸，不思進取？」

「你本來就是……」看到司徒朝暉的目光，慕容舒意咳了一聲，「好了，說到放浪形骸不思進取，本侯爺才是天下第一，你頂多就是懶散了那麼一點點而已，這樣總行了吧。」

「你也是無聊，人家埋首醫藥你說人呆板無趣，現在一起盡情嬉戲，你又說人行為古怪，你到底要他怎樣啊？」

「現在的確很好，我也高興多了個奏樂的玩伴。不過我總覺得，有些地方大大不對。」慕容舒意得出了結論，「如瑄突然之間從單純變得放蕩，也許是受了什麼刺激。」

「你以為人人都和你一樣？」司徒朝暉忍不住笑了出來，「再說，只是這樣就說成『放蕩』，那慕容侯爺你該稱作什麼呢？」

「我說司徒，你就不覺得這其中……」

「侯爺，你自己好好煩惱吧。」司徒朝暉拍了拍他的肩膀，「說不定這個天大的謎題，終有一日能被你悟出道理了呢。」

說完，司徒朝暉笑著走下臺階。

「你要去哪裡？」慕容舒意朝著司徒朝暉的背影大喊，「不會這麼早就回去睡覺了吧？」

「清秋月明媚，當然是要泛舟賞月，徹夜聽著歌聲曲樂，尋找作詩的靈感啊。」

「等我等我，要去月夜尋詩怎麼少得了我？」慕容舒意一聽大喜過望，三兩步追了上去，「我和你一起去，記得叫上幾個姿容出色的歌姬……」

子夜呉歌

已經敲過二更，如瑄一個人在空曠寬闊的街道上緩步走著。清冷明亮的月光照射下來，幾乎可比落雪成白的景象。

來往不逢人，長歌楚天碧。

如瑄在夜晚寂靜的街道中央停了下來，遙望著明月，想起了剛才拿到的紙箋。

深藏在心裡的東西，總在最不經意的時候被誘發了出來，把自己都嚇了一跳。就像今早梳頭的時候，見到髮梳上纏了一縷白髮，細細一看，才發現鬢邊額際的黑髮下居然掩藏了不少絲縷斑白。

如果說整日費心思考、殫精竭慮之下長出白髮還算有理，但這兩年，他明明什麼也不想，只是飽食終日，卻還是添了許多白髮，就怎麼也說不通了。

慕容舒意總說司徒的琵琶最能影響心情，今天看來倒也不誇張。若不是他那三兩聲的轉手撥弦，自己又怎會突然感傷，和著零碎紛亂的拍子唱了一首〈子夜歌〉。

在歡聲笑語裡唱著斷腸歌，還有什麼比這更加煞風景的？

「算了。」

他搖搖頭，決定不再多想，輕聲哼著曲子繼續往前走，渾然不覺方才站立的地方憑空出現了一個黑色的影子。

如瑄突然停了下來。

離開了「綾羅小敘」後，他能感覺到，總有一道視線一直在自己身上徘徊不去。

心臟驀地急跳了幾下，因為那視線讓他覺得熟悉，卻又知道不可能是自己所想的那個人，畢竟那人此刻應該遠在千里之外。於是他只能站在原地，不再舉步，也不敢回頭。

「如瑄。」身後有人喊他的名字。

感時為歡嘆，白髮綠鬢生……如瑄閉上了眼睛，搖了搖頭。

寂靜的街道上，兩人的身影這樣一前一後地站著，許久沒有開口說話。

「百里城主。」如瑄仰起頭，看著天上明月，「是什麼風把百里城主吹來了蘇州？」

「沒想到你會在蘇州。」百里寒冰的聲音……

「這天下說小不小，說大也不大，湊巧遇到也是平常。」如瑄平淡地說，「不過，要是知道百里城主今日會來蘇州，我定會遠遠地避開，畢竟我是你逐出師門的不肖弟子，見面只是徒增尷尬罷了。」

「如瑄，你是不是……」

「百里城主多慮了。」如瑄勾起嘴角，「離開冰霜城也有不少時日，我也漸漸想清楚了。其實你當時那麼做無可厚非，只是我畢竟少年氣盛，加上自以為在你心中有些地位，一時覺得無法接受，才會說出那些話。」

百里寒冰不再說話。

「按理我應該盡地主之誼，好好款待百里城主，只可惜你我早已形同陌路。」如瑄的聲音裡帶著笑意，「我們就當沒遇見過對方吧。城主保重，如瑄告辭了。」

等了很久沒有得到答覆，如瑄自顧自舉步離開。

他知道百里寒冰不可能跟來，離開的念頭也沒有半點遲疑，但腳步卻不知為何一步慢過一步。

有什麼地方不對，有什麼地方……

心裡有個聲音對如瑄反覆念著。他終於沒能忍住，朝後望了一眼。

那時，如瑄對自己說：我只是看一眼。

直到很久以後，他也問過自己，如果沒有回頭看那一眼，一切是不是再也不同？這個問題困擾了他很久，最後他不得不承認自己是在自欺欺人。

那時，就算沒有感覺到不對，他也還是會找藉口回頭的。

百里寒冰的身影晃了晃，幸虧及時把手中的劍撐在地上，才沒有摔倒下去。

如瑄停了下來，然後轉身，沒有一絲遲疑地跑了回去。跑到百里寒冰面前，他伸手去扶，卻在指尖就要觸及百里寒冰時縮了回來。

「你受傷了？」儘管覺得這個問題非常愚蠢，但他還是問了，還用一種無法掩飾的慌張語氣。

百里寒冰抬起頭。

如瑄見他臉色異常蒼白，嘴唇還泛著詭異的青紫，立刻知道他中了劇毒，完全是依靠內力壓制毒性，才能支撐下來。他急忙伸手想為百里寒冰診脈，卻被百里寒冰擋住了。

「你不需要救我。」百里寒冰盯著他的眼睛，「你我不是形同陌路了嗎？」

「我學醫本就是為了治病救人。」如瑄已經平靜了不少，回望著他的眼底一片坦蕩，「別說是路人，就算是仇人，我也不能置之不理。只要我能救的，就不會袖手旁觀。」

百里寒冰雖然沒說什麼，但似乎對這個答案非常滿意，甚至主動伸出了手。

如瑄在診脈之前，先是把手背到身後，然後用力掐了一下自己的手臂。他現在需要的是穩定平靜，而不是一雙只會顫抖的手。

「竟然是『當時已惘然』！」為百里寒冰診脈片刻，如瑄的臉色瞬間變得異常難看，「月……」

那個名字哽在喉中，讓他無法說出口，按在百里寒冰腕間的手指，忍不住顫了一顫。

「就是無涯閣主。」百里寒冰似笑非笑地說，「看來蜀中唐家已是黔驢技窮，只能借著月無涯的手來將我除去了。」

「果然是他……」如瑄的臉色極為難看，說完這一句之後許久發不出聲音。

「我已經百般提防，卻被他一路引到這裡，最終還是著了他的道。世人說月無涯狡詐狠毒天下無雙，真是半點不錯。」百里寒冰一口鮮血吐了出來，看得如瑄心頭一緊。

「月無涯是當世第一的用毒高手，『當時已惘然』更是……」如瑄幾乎說不下去了。

「據說月無涯因為不曾研製出解藥，所以不到萬不得已，也不會使用這種奇毒。」百里寒冰替他說完，「看來唐家這次非但耗費萬金，更是付出了巨大的代價，才能讓月無涯親自出馬。」

「走吧。」如瑄不再說話，撐起了他的身子。

「去哪裡？」

「去我的住處。」如瑄讓他靠在自己肩上，「要先想辦法壓制你身上的毒性，才能想辦法解毒。」

「我知道這種毒無藥可解。」百里寒冰站在原地不肯邁步，「我剛才看到你的時候，一直猶豫著該不該現身。想到這也許是最後一面，我才希望在臨死前能夠……」

「不要說了。」如瑄淡淡地說，「我不會讓你死的。」

「如瑄……」

「百里寒冰，我聽說你有一個兒子。」如瑄側過頭看著他。

「是。」百里寒冰一愣，然後點頭，「取名如霜，才一歲多。」

「你真的甘心這麼死了？」如瑄的眼瞳黝黑深邃，「你就沒想過你要是死了，誰還能護著冰霜城和你年幼的兒子？」

百里寒冰深吸了口氣，終於不再堅持，讓他扶持著前行。

「如瑄，你變了許多。」百里寒冰被扶著蹣跚前行，借著月光，看見身旁的如瑄神情堅毅，與他記憶中溫吞和善的樣子簡直判若兩人，忍不住感嘆道。

「這句話，你以前就說過了。」如瑄的目光始終看著前方，「時光流逝，改變是很自然的事情。」

「真的是因為時間改變了嗎？」百里寒冰隔了一會才說，「我剛才看見了，那個肆意歡笑、擊節高歌的人，我幾乎不敢相信那竟然是你。那時我就在想，也許我認識的如瑄並不是真正的如瑄，也許我從來就沒有真的了解過你。」

「我知道你看似不拘小節，其實是個性格十分嚴謹的人，恭敬有禮才能討你歡心。」如瑄微彎唇角，「冰霜城規矩太多，如果表現得不好，我恐怕早就被趕出來了。」

「你說得很對。當初要不是看你乖巧懂事，我也不會讓你留在城裡。」百里寒冰也用手捂住嘴笑著，笑得鮮血從指縫間嗆咳了出來，「沒想到你當時不過是個孩子，倒已經懂得察言觀色了。」

感覺到點點溫熱濺在自己臉上，如瑄卻是不為所動，也沒有分神看他，只是扶著他的手臂多用了幾分力氣。

「如瑄。」百里寒冰放下手掌，極為認真地說，「也許我不是完全了解你，但我不信你那些年溫柔貼心的性子全是假裝出來的。」

「說這些沒什麼意思。」如瑄停下腳步，「我們到了。」

百里寒冰抬起頭，看見了小橋流水和一座粉牆黑瓦的小小院落，朦朧的光亮正從虛掩的門扉透了出來。

借著明亮的月光，百里寒冰看到了門上的題字——無香。

穿過卵石鋪成的小徑，如瑄把百里寒冰扶進了自己的房間。

風吹過窗外的竹葉，發出細碎的聲響，那些細細長長的影子在白牆上搖曳婆娑。

如瑄動作迅速地點亮燭火，從書架上取來藥箱。

「這裡真是風雅，一點也沒有江湖氣息。」滿架的典籍，牆上的字畫，淡淡的竹香，百里寒冰把目光放回了如瑄的身上，「看來你的日子過很逍遙。」

「我從來就沒有把自己當成江湖中人，在這種地方生活再好不過了。」如瑄扶他在床上躺下，動手解開他的外衣，說話間已經在他胸口附近扎了五六根銀針。

針一扎完，百里寒冰就連著吐了幾口血出來，如瑄取出藥丸在冷茶中化了讓他喝下。看著他把茶喝了下去，如瑄撩開了他的衣袖，沿著經絡一路扎針，眼見毒性化為實質的豔紅色被壓迫在下臂後，才從藥箱中取出鋒利的小刀，在燭火上略微焠過，一刀劃開了他的手腕。

鮮血並沒有噴薄而出，如瑄在刀口處細細觀看著。

一陣風輕吹而過，懸在窗前的風燈竟然熄了，床邊的燭火也閃爍一陣。如瑄依舊細細地看著，明滅的火光讓他的眉目深邃難辨，也讓百里寒冰看見了他鬢邊的絲縷斑白。

指尖挑開梳理整齊的鬢角，一絲一絲的銀色摻在烏黑的髮間，看上去格外分明。

「如瑄，你什麼時候有白髮了？」百里寒冰的表情有些迷惘。

如瑄側過頭避開他的碰觸，深深的眼裡像是藏著什麼，也像什麼都沒有。

百里寒冰一愣，不自覺地收攏手指，慢慢地把手收了回來。

「我只能暫時壓制毒性，真要解毒還需費些功夫。」如瑄縫好傷口，用潔淨的白布一層層纏繞，最後輕輕地打結固定。

「其實……」

「必須立刻回冰霜城，所需的藥材只在那裡才有。」如瑄把銀針一根根拭淨之後收回針袋。

「不行。」百里寒冰並不同意，「月無涯被我重傷，此刻就算不死也自顧不暇。但唐家一定在附近布下了天羅地網，絕不會讓我活著回到冰霜城。」

「那你準備怎麼做？」如瑄問他。

「一旦唐家的人找到這裡，連你也會受到牽連。」百里寒冰坐了起來，取過倚在床頭的長劍，「城裡後援的人馬應該快要到了，只要能夠避過唐家的人，很快就能脫離困境。」

「你現在功力剩下不到一成，要避開唐家那些擅長追蹤的高手，完全不可能做到。他們很快就會找到這裡，說牽連也已經晚了。」如瑄站了起來，突然話鋒一轉，「靖南侯和我還算有些交情，也許他會願意把鐵衣親衛借我一用。」

「你是說鐵衣慕容……」百里寒冰聽懂了他的意思，沉默了片刻。

「鐵衣慕容」是令人振聾發聵的四個字。

當年幼主繼位不久，南疆外族大肆叛亂，朝廷軍隊節節敗退，叛軍直逼京師。叛軍殺到皇城外時，整個皇宮亂成一團，臣子們不是勸幼帝大開宮門投降，就是進言棄城出逃。

誰也沒有想到，當時不滿二十歲的世襲逍遙侯，一直被看成紈褲子弟的慕容舒意竟會在危及關頭挺身而出。他非但把極力主張降敵的右相斬於殿前，又在宮牆上引百石鐵弓，一箭射殺了南疆首領。

領兵平定南疆之後，慕容舒意忠義善戰名揚天下，皇帝尊稱他為王叔，要封他做定國鐵衣王。他這個大功臣卻毫不領情，自願跑到遠離權力中心的江南，當起了閒適逍遙的靖南侯。

不過雖不在朝廷，卻沒人會懷疑當今天子對慕容舒意的敬重。

唐家要仰仗朝廷的鼻息，慕容舒意是他們怎麼也得罪不起的人物，如果有慕容舒意的鐵衣親衛護送，一路上自然是不需有任何擔憂。

「這想法並不實際。」百里寒冰仍有其他顧慮，「我和唐家的恩怨多少牽扯到宮廷，靖南侯總是和天子一家，未必願意插手。」

「這你就不用擔心了。」如瑄已經走到門邊，聽他這麼說便回頭說道，「我自有打算。」

百里寒冰愣了一下，回過神發現已經不見如瑄的身影。

庭園寂靜。

百里寒冰坐在床頭，看著牆上的一幅字畫。

如瑄為人溫和內斂，寫出來的字卻是龍飛鳳舞，宛如狂草一氣呵成。那種飛揚豪邁的氣勢，和他的性格簡直南轅北轍。

「千里孤墳，無處話淒涼……」百里寒冰輕聲念了一句，就低頭不再去看，而是把劍放到膝頭，細細地撫過劍鞘上的紋路。

目光滑過枕邊放著的梳子，想到了如瑄的白髮和那個眼神。

到頭來，也說不清是誰，讓我誤了這一生。

床頭燃著的燭火不知什麼時候也被風吹熄了。百里寒冰閉上眼睛，手指緊緊地扣住了劍鞘。

細碎的腳步聲從門外傳了過來。

「百里城主。」如瑄總是輕柔的聲音響起，「馬車已經準備好了，我們這就離開。」

百里寒冰慢慢鬆開發白的手指，張開了眼睛。

如瑄站在門外，冷色的月光落在他清秀的眉目之間，好像平添了幾分柔和暖意。

雖然物事人非，但百里寒冰眼中所看到的，彷彿依然是那個在雪夜裡遇見，凍得神智不清，卻有著溫暖目光的孩子。

子夜吳歌

第八章

天快亮的時候，如瑄駕著馬車出現在靖南侯府門前。

「是瑄公子啊。」門房倒是認得他，「您是來找侯爺的吧。真是不巧，侯爺晚上出門，到現在還沒回來呢。」

「知不知道他在什麼地方？」

「這就……」門房正要搖頭，卻看見一隊熟悉的人影搖搖晃晃從對面街角走了過來，連忙說道：「您看，那不就是我家侯爺嘛。」

慕容舒意沒有坐在轎子裡，而是走在隊伍前面，遠遠也看見了站在門外的如瑄。

「侯爺。」如瑄迎上去草草地行了個禮。

「你不是說倦了嗎？」慕容舒意帶著幾分酒意，疑惑地問，「跑來我家做什麼？」

「有事找你幫忙。」

「什麼事？」慕容舒意看他神情嚴肅，立刻有了興趣。

「我即刻就要遠行，但是路途不太平坦。」如瑄不想浪費時間，「特意來借侯爺的鐵衣親衛一用。」

「路不平坦？」慕容舒意皺了下眉頭，「你要把我的親衛拿去路上填坑不成？」

「事情緊急，沒有心思和侯爺說笑。」

「難得見你這麼認真啊。」慕容舒意環抱雙臂，目光在如瑄和馬車上來回移動，「我能不能知道是為了什麼？」

「行還是不行？」如瑄直接就問。

「就憑你我的交情，今天你開了口，我無論如何都是要答應的。」慕容舒意笑了幾聲，「不過，在那之前，你就算不想說前因後果，也總要滿足一下我的好奇心吧。」

「侯爺。」如瑄擰起眉頭。

「可惜司徒不在這裡，真想讓他看看『泰山崩於前而色不變』的如瑄公子，這性急慌忙的模樣。」慕容舒意好像打定了主意胡攪蠻纏。

「久聞慕容侯爺生性不羈，為人詼諧可親，今日一見，真是名不虛傳。」如瑄駕來的馬車裡傳出了男子的說話聲，那聲音悠長動聽，極為獨特。

「是嗎？說這話的人真是見解獨到。」慕容舒意盯著馬車，笑得更加開懷，「我這個人沒什麼可誇獎的，就是勝在親切。」

馬車裡傳來淺淺一笑，慕容舒意的表情卻突然變得凝重起來。

「我還聽說慕容侯爺槍法如神，從未遇過敵手。」那人說話很慢，每一個字都說得極為清晰，「若不是有傷在身，今日一定要和侯爺好好切磋一番。」

「如此凌厲的劍意，當世劍客能做到的最多只有兩人。」慕容舒意呼了口氣，「閣下可是冰霜城的百里城主？」

「你為什麼不猜我是謝揚風？」

「百里寒冰怎麼會是謝揚風？謝揚風又怎麼會是百里寒冰？」慕容舒意負手身後，臉上的神情有些莫測。

「慕容侯爺果真非凡。」百里寒冰讚了他一聲。

慕容舒意笑著微微頷首。

「初七在天香畫舫和謝揚風爭風吃醋大打出手的，不就是侯爺你嗎？」如瑄突然哼了一聲，「你夠了沒，到底要玩到什麼時候？」

慕容舒意自是無法繼續高深下去，只能啐了一口，訕訕地嚷了聲「過分」。

「謝掌門行蹤不定，是有如劍仙一樣的人物。我對他也仰慕已久，可惜冰霜城和名劍門天南地北，總是無緣相見。」百里寒冰輕笑著，「原來慕容侯爺和謝掌門竟是莫逆之交，真教人好生羨慕。」

「我認識他是因為倒了八輩子的楣，什麼狗屁劍仙……」慕容舒意摸了摸眼眶，硬生生壓下破口大罵的衝動，眼珠一轉又說：「人說冰霜城主是這世上難得一見的翩翩君子，今日一見，才知這話真是半點沒有說錯。」

「侯爺過譽了，寒冰擔當不起。」

「我還聽說，冰霜城主非但是少有的君子，更是天下少見的美男……」

「侯爺。」如瑄加重了聲調，抬起眼睛望著他，「我沒什麼時間。」

「也不差這一面吧。」慕容舒意難得見如瑄情緒起伏，越發覺得有趣，「難得能見到冰霜城主的機會，我怎麼可以失之交臂？」

「你……」如瑄面色一沉，就想發作。

「如瑄，侯爺也沒什麼惡意，的確是我失禮了。」說話間，百里寒冰已經撩開了擋在車門前的簾幕，「百里寒冰見過靖南侯爺。」

「世上竟真有你這樣完美的人。」慕容舒意上上下下仔細打量了一遍，忍不住嘖嘖讚嘆：「我總以為見慣了世間美人，對出色容貌再難有驚豔之感，可方才一見到你，我只覺得頭昏眼花，差點都要漲紅了臉呢。」

「我看你是被酒色掏空了身子。」見慕容舒意語氣輕浮，如瑄已是極為不悅，「繼續晨昏不分日夜作樂，別說頭昏眼花，壽終正寢也是指日可待。」

百里寒冰倒是沒有半點動氣，他倚在車門旁，嘴角始終帶著淡淡的笑容。

「如瑄公子，看來我剛才一定是聽錯了。」慕容舒意側過頭，一臉刻意的無賴，「你今天來，原來不是為了求我幫忙的啊。」

如瑄聽他這麼一說，一時之間大感頭痛。

要知道慕容舒意看似不難相處，其實脾氣不是一般古怪。有時說話行動果斷俐落，絕不拖泥帶水；有時卻最是喜歡和人在小事上糾纏，非要纏到他覺得滿意為止。如今勾起了他那糾纏不清的性子，只怕是有得折騰了。

慕容舒意得意地笑著，繞過了如瑄要往門裡走。才跨出兩步，寬闊的袖子卻像是被什麼勾住了，他回頭一看，發現如瑄正拉著他的衣袖。

「慕容。」如瑄也回頭看他，目光裡漾著懇求，「你就幫我這一次，可好？」

慕容舒意認識如瑄這麼久，印象裡他一直疏懶隨意，這還是第一次見他憂急無助的模樣，忍不住就多看了兩眼。

如瑄的容貌不算出眾，只能說看上去清爽舒服，但現在細細一看，眼前的如瑄好像有點不像自己認識很久的那個如瑄了。

至於哪裡不像，卻又說不上來。總之讓人覺得……慕容舒意非常意外地感覺到，自己的心好像很不應該地多跳了幾下。他趕忙移開目光，卻又看到拉著自己紫色衣袖的手。

那白皙修長的手指和華美的錦緞糾纏在一起，竟是一種讓人心亂的曖昧情狀。

為什麼從來沒有發現，如瑄的手真是長得很不錯啊……

「如瑄，不用太過勉強。」沒怎麼說過話的百里寒冰突然開口，「唐家和我畢竟只是私怨，還是不要把侯爺牽扯進來比較好。」

「慕容……」如瑄張了張嘴，卻也只是嘆了口氣，「若是你不願意幫忙，那就算了。」

他正要放開慕容舒意的袖子，卻不想被慕容舒意連手帶袖抓了過去。

「誰說我不願意了？」慕容舒意目光有些古怪地看著他，「不為其他，就算只為了你這一聲『慕容』，我也要幫啊。」

「我倒是沒有懷疑過。」如瑄還是不能理解這種翻臉比翻書還快的性格，不過心裡倒是鬆了口氣，「只是怕了你這愛玩的性子。」

「如瑄。」慕容舒意忽然靠了過來，在他耳邊輕聲地說，「能不能告訴我，你和百里寒冰到底是什麼關係？」

「這件事說來話長，等有機會我再慢慢向你解釋。」如瑄回過頭看了一眼百里寒冰，「我們要立刻趕回冰霜城，時間所剩不多了。」

他說「我們」。慕容舒意若有所思地鬆開手，招手喊出侍從，差人做好準備。

如瑄走回馬車旁，低聲問百里寒冰感覺如何，知道他尚且不錯，緊繃的神情放鬆了些，總算是有了一絲笑容。而百里寒冰雖受了重傷，但始終神情自如，還竭力不讓別人為自己擔心，一看就知是表裡如一的大好君子。

慕容舒意雙手環抱在胸前，一隻手悠閒地在自己臂上打著拍子，看著兩人，任何細微的地方也沒有漏下。

如瑄轉過身去，百里寒冰抬起頭，和他目光相對。兩人俱是笑容微斂，剎那間轉過的念頭也是一樣。

——這人倒是值得結交，不過總是不太喜歡。

「如瑄，你什麼時候回來？」臨走時，慕容舒意問了如瑄。

如瑄想了想才答他：「中秋吧。」

「中秋啊。」慕容舒意笑得過分燦爛，「那好，我等你回來。」

直到出了城門，如瑄還是沒想明白，慕容舒意怎麼會忽然間像吃錯了藥一般。

「我一直以為靖南侯該是城府深沉，沒想到會是不失詼諧的性子。」

「嗯。」如瑄還沒回神，隨口附和，「別人總覺得慕容應該威儀過人或者深藏不露，其實他只是個任性得厲害的孩子罷了。」

「孩子？我看那倒是……」百里寒冰輕聲地自言自語，轉眼一看見如瑄疑惑的目光，笑了笑又問：「如瑄雖然謙和，骨子裡卻極為傲氣，想來靖南侯爺一定十分平易近人，所以才會相處得如此融洽。」

「是吧。」如瑄一愣，「再怎麼說，人總該有些朋友的。」

「嗯。」百里寒冰點頭，「你正是青春年少，的確該有些情趣相投的朋友。」

「正是青春年少，找些朋友也應該的。」如瑄跟著點頭，隨手拿起身旁的醫書，「人說司徒朝暉是當世最有智慧的人，他有多大的智慧我不知道，但他說『孤獨與痛苦總是相伴不離』，這句話倒是有些道理。所以我只是聽了他的話，為自己找些陪伴，免得成為那因孤獨而痛苦的人。」

說完，他就低頭專心看書，百里寒冰瞧見他髮間的那幾縷銀白，才明白自己興許是說錯了什麼話。

如瑄他是因痛苦而生出白髮嗎？那他是為何事而痛苦？是因孤獨嗎？那他又因何而孤獨呢？

這麼多年來從未想過，自在淡泊的如瑄也會孤獨，會因孤獨而痛苦，會因痛苦而生出白髮。

因為急著趕路，馬車顛簸得厲害，百里寒冰靠坐在窗邊，臉色不是很好。

「你是不是覺得難受？」如瑄終於忍不住開口，「躺下來也許會舒服一些。」

「我沒事。」百里寒冰搖了搖頭。

這時，馬車猛地顛了一下，讓百里寒冰突然往如瑄那方倒去。等眩暈過去，他才正要起身，卻被如瑄一把按住。

「你躺著。」如瑄用一種不容拒絕的語氣說，「我知道你難受。」

始終是覺得辛苦，百里寒冰也就不再堅持。車裡的空間狹小，他只能枕在如瑄的腿上，聞見如瑄身上淡淡的藥草味，有些昏昏欲睡起來。

「別睡著了。」如瑄推了推他，「我知道這很困難，但我還是希望你別睡得太多，這一路能盡量保持清醒。」

「好。」百里寒冰答應他，聲音卻有些昏沉。

「你聽說過五臺山的如晦禪師嗎？」如瑄看了看情況，決定還是要找些話閒聊。

「那個到處說自己是菩薩轉世的瘋癲和尚？」百里寒冰笑了一笑，「當然是聽過的。」

「我曾經聽他說過一個非常有趣的故事。」

「是嗎？」

「他總喜歡說些稀奇古怪的故事，可常常說得顛三倒四，教人不能理解。」如瑄點點頭，「但那次說得意外完整，故事又十分奇特，所以我便記下來了。」

「菩薩說的故事，倒是要聽一聽的。」百里寒冰強打起精神。

「是一個神仙和凡人相戀的故事。」如瑄放下了手裡的醫書，開始說起那個故事：「天上有一個無情的神仙，他來到人間，愛上了一個凡人。他愛得很是瘋狂，不顧一切，執意要和這個凡人廝守一生，經歷了千辛萬苦之後，他們終於能在一起，但是後來……」

「後來呢？」百里寒冰見他沒有再往下說，於是問他。

「後來？後來他殺了自己的戀人，回到天上當他無情的神仙了。」

「於是……」

「於是故事也就結束了。」

「為什麼會這樣？」這個結局急轉直下，百里寒冰有些愕然，「他為什麼要殺了自己的愛人，總該有原因吧？」

「我也問了如晦這個問題。」如瑄笑了起來，「他卻瞪我一眼，說我蠢得無藥可救。」

「為什麼？」

「愚蠢的人才追問經過，真正聰明的人只需知道結果就足夠了。」

「如果是這樣的話，」百里寒冰也笑了，「那我看這世上也沒有他說的聰明人吧。」

「其實想想，他說的話也有道理。」如瑄說著說著好像有些走神，「不論經過如何曲折，最終仍舊只有一個結果。既然都已經知道結局，又何須詢問中間發生了什麼？」

「我好像不怎麼明白。」

「我也不是多麼明白，只是模模糊糊有些感觸罷了。」如瑄側過頭，拿起放在身旁的書，「好了，你睡一會吧。睡一個時辰，時間到了我會喊你的。」

「如瑄。」就在如瑄以為他睡著了的時候，百里寒冰卻忽然說：「你為什麼不問我紫盈的事？」

「顧紫盈？」如瑄慢慢翻過一頁，「聽說她是因難產而死的。」

「這只是一個藉口。」百里寒冰淡淡地說，「我總不能對別人說，我的妻子是服毒自盡的吧。」

「什麼？」如瑄手裡的書掉落下來，摔在百里寒冰胸前，「你說她……」

「服毒自盡，用的還是見血封喉的毒藥，我是第一次看到那麼厲害的毒，眨眼間，身體便已然冰冷僵硬。」百里寒冰笑得不再自然，「她生了如霜之後就很不對勁，我以為她只是心情不好，沒想到她卻是要尋死。她真是狠心，不是都說母子連心？她卻毫不留戀自己的骨肉，那麼決然地自盡了。」

如瑄沉默著，什麼話也沒說。

「如瑄，我從來沒有失敗過，但是這場婚姻，我卻敗得徹底。」

「你恨我嗎？」如瑄問。

「為什麼這麼問？」

「你有理由恨我，若不是我，她不會死，你們會是神仙眷侶，你也……」

「不是你的錯，如瑄，這不是你的錯。」百里寒冰說得有些苦澀，「這只是她的不幸、我的不幸和你的不幸，就好像如果我真的死了，也不是任何人的過錯。」

如瑄哭了，一滴眼淚就這麼從眼眶直直掉落下來，落在了百里寒冰的臉上。

百里寒冰一直很清楚，如瑄雖然看上去不是硬脾氣的人，但其實，就算是比起性格倔烈的顧雨瀾，如瑄的固執和堅韌也要超出許多。

如瑄很堅強，也善於忍耐。某一方面，他比起百里寒冰認識的任何一個人，都要來得死心眼。他只要認準了一件事情，不管多麼辛苦多麼困難，就算是拚了命也會堅持到底。

別說哭泣，百里寒冰甚至從來沒有見他流露出痛苦的表情。可如瑄哭了，雖然只是一滴眼淚，卻是如瑄第一次在他面前流淚。

「可惜我沒來得及救她，但我絕對不會讓你死的。」如瑄輕聲地說。

「傻瓜。」百里寒冰伸手想摸摸他的頭髮，但是沒什麼力氣，如瑄彎下腰來，把頭靠在他的胸前，讓他能抬手觸摸。

這一刻，兩人就好像回到了什麼都沒有發生過的從前。

「為什麼會發生這麼多的事呢？」如瑄喃喃地說著，「如果能夠一直這樣，如果什麼都沒有發生，那該多好？」

「如瑄。」百里寒冰輕聲地說，「其實……」

「什麼？」如瑄側過頭來看著他。

「沒什麼。」百里寒冰移開了目光，「我們很快就要到冰霜城了，沒想到竟然這麼順利。」

「唐家果然礙於慕容不敢動手。」如瑄直起身子，「雨瀾和漪明還好嗎？這兩個孩子，我也有些時候沒見過了。」

「也許是漸漸長大，都穩重了許多。」百里寒冰微微一笑，「我讓白總管送漪明去書院讀書，已經離開了一陣子，至於雨瀾……除了身子虛弱、太過喜愛安靜，其他倒也還好。」

如瑄點了點頭，然後又問他：「你是不是有話要和我說？」

「其實……」百里寒冰望著靠在一旁的冰霜劍，「你不必跟我回冰霜城的。」

「為什麼？」如瑄低垂目光，盯著他異常完美的容貌，「你是不屑被我這個棄徒所救？」

「我知道這毒發作起來極其恐怖，我不希望你看了難過。」百里寒冰嘆了口氣，「或者你送我到城外，就隨慕容侯爺的親衛回江南去吧。」

「不用了，怎樣可怕痛苦的情狀我沒見過？」如瑄淡淡地拒絕了他，「我說過了有辦法能救你，那就一定有辦法。只要不是見血封喉的毒藥，總是有辦法解的，情況還沒有糟到需要我說謊安慰你的地步。」

「如瑄。」百里寒冰突然伸手覆住了他的手掌，「我從來不覺得有愧於誰，唯有對你，我總覺得虧欠了許多。」

「不必了。」如瑄愣愣地看著兩人疊放一起的手掌，「這些都是我心甘情願，你不用想太多。」

想十指相扣與之交握，想坦然抽出自己的手，想執子之手貼於臉頰，想慌張不捨地將手按在胸口，無數想法在如瑄心裡繞過，但他最終還是面無表情地看著。

應該裝作不經意地放手，但這樣的親近，下一次不知又要等上多少時間。反正……反正是他主動握著自己，哪怕多上一刻也好。十指連心，恐怕也只有這一刻，自己和他的心才能如此貼近。

「原來我根本……」沒有離開過，根本就沒有從這個人的身邊離開。離開的只是如瑄的軀殼，而如瑄的心，自始至終都留在了百里寒冰的身旁。

他長長地嘆了口氣：「如果說我是為了償還前世的債，那我們前世結下的仇怨一定是你死我活，不共戴天。」

百里寒冰閉著眼睛，不知何時已經昏睡了過去。

百里寒冰醒來的時候，看到如瑄皺著眉側頭靠在車窗上。好似在痛，又似憂愁，彷彿輕輕一碰就會破碎，令人不知該怎麼對待。如瑄就是這樣的孩子。

不，如瑄不是個孩子了，他已經長大已經離開，再也不是那個跟隨在自己左右，聲聲喊著自己「師父」的如瑄了。

這次再見到如瑄的時候，如瑄正站在「綾羅小敘」的庭園裡，和頭上繫著紅色帶子的青年說話。

接著，鼓聲響起，歌聲激昂。再後來，琵琶嗚咽，聲聲惆悵。

居然這般地灑脫不羈，這般地縱情聲色，這樣的如瑄他並不熟悉，或者說，他從來沒有見過如瑄這種隨意放縱的樣子。

如瑄在他的印象裡，是一泓清澈見底的水，是一陣柔和溫暖的風，卻從來不是這樣在眾目睽睽之下，和那些浪蕩子弟譁眾作樂的人。

他還記得自己要如瑄離開冰霜城時，如瑄那種不信又痛苦的目光。這兩年裡，他甚至都沒有忘記過，但當他再次見到如瑄的時候，卻忽然覺得那也許只是自己的錯覺。

如瑄過得比他想像中要好上太多，比起枯燥無趣的冰霜城，那遍地皆是妖嬈的江南，似乎更適合如瑄。

那個時候，他突然覺得自己不真的了解如瑄，或者說，他從來沒有真正地了解過這個自己最疼愛的徒弟。

他和你，其實是兩個完全不同世界的人，你根本就不了解他，所以也不可

能了解我為什麼會愛上了他。

心裡不期然地，想起了紫盈說過的話。那麼，她愛上的是哪一個如瑄？是體貼細膩、溫柔如水的那一個？還是縱情高歌、灑脫不羈的這一個？哪一個，才是紫盈說的那個「他不了解的如瑄」？而那個他所不了解的如瑄，她又怎麼會知道呢？

就在這時，如瑄睜開了眼睛，眼中布滿血絲：「你醒了？」

「我睡了很久嗎？」百里寒冰動了一下，卻看到如瑄唇角一抽。他這才意識到自己一直枕在如瑄的腿上，還一直抓著他的手，便急急忙忙放開了：「如瑄。」

「我沒事。」如瑄把腿從他仰起的頸下抽了出來，隨即拿了軟墊填補，把想要起身的他按了回去，「你還是躺著比較好。」

「如瑄。」百里寒冰躺在那裡，卻有些擔心，「你的腳……」

「我真的沒事。」如瑄轉過頭去，移開了一些距離，「只是血脈有些不暢，很快就會緩和的。」

百里寒冰看著他用頭抵著車窗，那隻抓著外衣的手輕輕發顫。

「過來一些，如瑄。」

如瑄回過頭，看到百里寒冰朝自己伸出手來。恍惚地，面前似乎再次颳起了漫天風雪，他也是這樣面帶微笑，這樣朝自己伸出手來。不同的，只是那時他是彎著腰，自己則是仰望。他依然還記得，那手真的十分暖和。

當時自己是怎麼想的？想著要是能就那樣，直到永遠都不放開……

不，不該想了。不該這麼想了。不要去想那些毫無意義的東西了，現在只要想著……

可是為什麼？為什麼是這種無解的奇毒？難道說，真的要應了當初的誓言？

如瑄沒有回握住他，看著他的眼神也有些奇怪。

「你怎麼了，如瑄？」百里寒冰不解地問。

「沒什麼，我們已經到了。」如瑄用一種低沉緩慢的聲音說道。

「到了嗎？」百里寒冰垂下手，只看到窗外一片灰暗的天空，「好快。」

「百里城主……」

「如瑄，你真的不打算認我了？」百里寒冰輕聲嘆了口氣，「紫盈都已經去世了，我們也該把過去的事情放下了吧？」

「百里城主，既然您這般善忘，我就再說一遍好了。」如瑄淡淡一笑，「我和您以前或許關係匪淺，但現在不過是大夫和病患的關係罷了。」

那笑容冷淡，甚至有些輕蔑，似乎在嘲笑百里寒冰只是一廂情願，把自己的想法強加於人。

到今天為止，從沒有人敢這樣對待百里寒冰。縱然是他的敵人，對他也只有尊重、畏懼和妒恨，從來沒有人敢這樣輕蔑地嘲笑他。教他尤其煩惱的，是這個人居然是他百般遷就的如瑄。

百里寒冰抿緊嘴角，強自壓下惱火。

百里寒冰不喜歡假設，他向來都不是會拖泥帶水、浪費時間胡思亂想的人。作為絕世的劍客，他的性格就像他的劍，一旦出鞘就一往無前，不達目的誓不甘休。

可是在之後的某些時間裡，每當他抬起頭看著灰暗的天空，就會不由自主地想著，想一些已經沒有什麼意義的事情。

他會想，如果當時他不是那麼心高氣傲自以為是；他還會想，如果他細心留意如瑄非同一般的反常；當然，他最常會想到的，是如果自己不是……

唉，如果這世上，真有如果。

子夜呉歌

第九章

「如果……」

「什麼？」

如瑄搖了搖頭，把手裡的藥碗遞了過去：「把它喝了吧。」

百里寒冰接過藥碗一飲而盡，那藥味道苦澀之極，他雖然咽了下去，卻也忍不住皺起眉頭。這時，他眼前出現了一個漆盒，裡面放著許多淺綠的糖果。

百里寒冰疑惑地看向拿著漆盒的如瑄。

「是甘草糖。」如瑄解釋，「那藥很苦。」

「不用了。」百里寒冰好笑地搖了搖頭，「我又不是孩子，還需要用糖哄我吃藥。」

「不是很甜，也有安神的作用。」如瑄把藥碗拿走，將漆盒放到他手裡，「每日服藥之後記得吃一顆，等這些甘草糖吃光的時候，也就是毒徹底清除乾淨的時候了。」

「你明知道我不喜歡甜食……」百里寒冰看他堅持的樣子，只能拿了一顆放進嘴裡，「這裡面少說有五六十顆，驅毒需要這麼久的時間嗎？」

「月無涯的『當時已惘然』並不是用什麼罕見的毒物煉成，而是用幾種毒藥混合製成。要解並不是太難，只不過……要費些功夫煉製解藥。」如瑄的樣子像是準備說完就走，「我暫時把毒逼在你的左手，但這毒極難壓制，記得千萬不可以運功行氣，也要減緩血流速度，最好不要走動，盡量臥床休息。」

「如瑄，你在忙些什麼？」百里寒冰連忙喊住他，「我聽白總管說你把煉藥房搬到了荒廢的院子裡，還吩咐所有人不得靠近那裡百步之內，這又是為了什麼？」

「當然是在煉藥，我怕被人打擾。」

「到底是什麼藥？」

「千花凝雪。」如瑄的聲音不是很大。

「如瑄，怎麼了？」百里寒冰注意到他臉上的表情不太對勁，「你是不是有什麼事情瞞著我？」

「能有什麼事？」如瑄顯然不願意多說，「目前看來，一切還算順利。」

「可白總管說，你並沒有從庫房裡取用什麼藥材，到底……」

「你讓白總管一天到晚盯著我做什麼？」如瑄有些不耐地打斷他，「你們就沒別的事好做了嗎？」

百里寒冰一愣：「如瑄，你說什麼？」

「百里城主。」如瑄邊說邊往外走去，「還請靜心休養，如瑄不日就能奉上解毒之藥。」

「如瑄。」百里寒冰從椅子上站了起來。

「百里城主請留步。」如瑄已經繞過屏風，「日光不益身心穩定，真要出房透氣，請等到日落之後吧。」

「為什麼？」百里寒冰站在屏風後面問他，「為什麼一回到冰霜城，你就變得這麼奇怪？」

因為功力大損，百里寒冰不能確定如瑄是不是嘆了口氣，但他卻聽到了如瑄離開的腳步聲。

從來沒有發生過這樣的事，如瑄好像遇到了洪水猛獸一般……

百里寒冰慢慢退回房間，坐回椅子上。他坐在那裡費神思量了許久，除了武學劍術，他從來沒有花費這種心力去思考別的事情。

「來人。」過了足足有一頓飯的時間，他輕聲地喊人，「替我去把白總管找來。」

這時，如瑄已經回到了自己用來練藥的偏僻院落。他用了比平時多出好幾倍的時間，才從百里寒冰的房門前走到了這裡。

他一本本疊放起攤放在石桌上的書，捧著往屋裡走去。因為心不在焉，一路上散落了許多都沒有留意。直至走到門前，才發現十幾本書不過剩了兩三本還在手裡。

他愣愣地站了許久，才低低沉沉地嘆了口氣。

這時，一隻手捧著一疊整齊的書，從身後遞到了他的面前。

「謝謝。」如瑄直覺地道謝，然後才想到這裡已經禁止別人出入了，怎麼還會有人？

他連忙轉過身，卻只看到一片暗色的纏花衣衿。他並不算矮，但那人卻整整高出他一顆頭，如瑄往後退了兩步，才終於看清那人的樣子。

第一眼見到時，如瑄還以為自己看到了一個出家人。

很少有人會穿這種顏色的衣服，要不是衣衿袖口的深色花紋，那件寬闊飄蕩的淺灰色外衣就像是一件袈裟。

眼前的這個人，就像是塵世之外的隱士。不僅僅是外表，而是他給人的感覺，那是種超脫於凡俗的、遺世獨立的飄逸風姿。

只不過，這世外仙人一樣的人物，卻偏偏……

「我曾經身中劇毒，雙目早已不能視物。」那人似乎猜到了如瑄的驚訝，「那已經是許多年前的事了。」

他雙目閉合，嘴角帶著微笑，如瑄自然地聯想到了佛祖拈花的典故。坦然純淨，無欲無求，竟是一眼之中便見到如此高潔的品性，如瑄從來沒有見過這樣的人。

「我聽見你的書掉了。」那人又一次把書遞了過來，如瑄這才從他的手中接過書籍。

那是一雙骨肉均勻、膚色白皙的手，指甲足有手指一半的長度。那些薄而透明的指甲如同冰片般，附著在纖細指尖上，看上去出奇美麗。

「你是……」如瑄不認識這人，直覺就把他想成了城裡的客人。

「我姓吳。」那人告訴他，「你叫我『吳四』就可以了。」

這個吳四身上，好像有一股淡而獨特的香味。

「吳公子。」雖然對方看不到，如瑄還是捧著書朝他欠了欠身。

吳四笑著扶住了他的手肘，如瑄頗覺訝異，嘴裡輕輕地「咦」了一聲。

「人若是失去了某種知覺，其他知覺自然會更加靈敏。」吳四的一舉一動，甚至是細微的表情動作都有著超凡脫俗的風姿，「我失明之後，其他感官比常人敏銳了許多，雖然眼中再無顏色，卻也不覺有何不便。塞翁失馬，焉知非福，古人誠不欺我。」

「是。」如瑄當然知道，但他從沒有見過一個盲者會像呉四這般，如此從容坦然地面對自身的殘缺，「失之得之，本就存於一念之間。公子這樣樂天知命，實在難得。」

「聽公子談吐文雅不俗，定然是世間少有的風流人物。只不過……」呉四頓了頓才說，「亦能聽出，公子心中似乎有著難解的鬱結。」

「這也能聽得出來嗎？」對於呉四的這種說法，如瑄沒有承認也沒有否認，他輕輕一句帶了過去，「人生在世，又有多少稱心如意？沒有煩惱的，那也只能是神仙了。」

「這處院落有著眾多藥材的氣味，想必公子一定精通醫理。」呉四微仰起頭，「我聽人說，人的臟腑氣血受情緒影響最多，養生之道最忌諱大起大落的心緒。說是悲哀愁憂則心動，心動則五臟六腑皆搖，不知是不是真的？」

「悲哀愁憂則心動，心動則五臟六腑皆搖，這話說得半點不錯。」如瑄的臉色有些發白，「喜傷心，怒傷肝，憂傷肺，思傷脾，悲傷肺，恐傷腎……喜、怒、憂、思、悲、恐、驚，由來人之七情，最是傷神傷身。」

「公子也是明白，情深則壽不永。」

「情深不壽……」沒想到自己的曲折心事，竟被吳四一言道破，如瑄忍不住輕嘆了一聲。

「如瑄公子。」吳四輕拂衣袖，撣落了衣服上的飄零落葉，「因病致鬱，因鬱致病，這鬱與病，總是相伴不離啊。」

「原來吳公子你認識我。」如瑄對於這個吳四，有著自己也說不清的好感，「不過，我像是從未見過你。」

「自我來到冰霜城，耳中都是那『如瑄公子』的名字，可惜始終緣慳分淺。」吳四把手負到背後，「和大家嘴裡的如瑄公子說了這麼多話，我怎麼還會認不出來？」

「呉公子過獎了。」如瑄淺淺一笑，「不過我這裡從前幾日就不讓人出入，不知呉公子特意到這裡來，是有什麼事嗎？」

「說不上特意，我也不是要打擾如瑄公子……」呉四說到這裡忽然停了下來，側過身對著門外。

如瑄正感到疑惑，就看到有人從院門外走了進來。

「百里城主。」呉四朝來人拱了拱手。

「呉先生？」百里寒冰一臉意外，「你怎麼會在這裡？」

「其實我原先是迷了路。」呉四雲淡風輕地說，「正想要找人問問，沒想就遇到了如瑄公子。」

「這是我為如霜請來的夫子。」寒暄過後，百里寒冰為如瑄介紹，「呉先生學識超群，是一位隱世高人，難得他願意屈就，可謂是冰霜城的榮幸。」

「原來是城裡的西席先生。」如瑄把視線停在呉四緊閉著的雙眼上，「呉先生除了學識不凡，想必也是位深藏不露的武學高手吧。」

「你看我哪裡像是會武功的樣子？」吳四笑了出來，「我只是個手腳無力的瞎子，對於武學一道是完全不通的。」

「可是方才……」如瑄會這麼說，是因為剛才自己對百里寒冰的到來毫無所知，但吳四卻早早就察覺到了。

「那是因為我的嗅覺尤其靈敏，而百里城主身上的氣味更是獨特。」吳四走到百里寒冰面前，「我遠遠就聞到了，所以知道來的是他。」

「氣味？」百里寒冰舉起自己的衣袖聞了聞，「我身上有什麼氣味嗎？」

「城主常年和凶器為伍，自然而然會沾染上殺戮的氣味。」吳四又回頭朝著如瑄，「又好比如瑄公子，身上則是溫婉的君子香氣，和城主完全不同。」

「我倒是想問問吳先生。」百里寒冰也看向如瑄，饒有興趣地問道：「我是因習劍而有了殺戮之氣，但不知如瑄這君子之香又是何解？」

「君子自有德行之香。」雖然是裝模作樣地掉文，可吳四半點也不像酸腐的文人，「如瑄公子活人無數，當然是德傳千里，香氣如蘭了。」

「吳先生真是妙人。」如瑄也被他說得笑了起來，「這山野草藥的味道，也能被你說得這般風雅，如瑄今日受教了。」

「言念君子，溫其如玉。在其板屋，亂我心曲。」吳四笑吟吟地問，「城主，你看我說得可對？」

百里寒冰望著如瑄，感覺他果真如吳四所說有「溫潤君子」之譽，不由贊同地點了點頭。而如瑄和他目光一觸，卻想到了吳四所說的「悲哀愁憂則心動，心動則五臟六腑皆搖」這句話，原本掛在唇角的微笑頓時隱去了。

「此時時間正好，我要起爐練藥了。」他抬頭望著天色，「兩位若是無事，就請便吧。」

「看來是叨擾了如瑄公子。」吳四看向身邊的百里寒冰，「城主……」

「我只是過來看看。」百里寒冰礙於吳四在場，自然不能多說什麼，「我想知道，你搬來這裡一切可好？」

「城主費心。」如瑄往後退進了房裡，「如瑄一切安好。」

「那……」

「既然如瑄公子下了逐客令，我們還是就此離開吧。」吳四朝如瑄拱手告別，「等過些時日再來拜訪公子。」

「不送。」如瑄回了個禮。

百里寒冰剛要張嘴，就見門從裡面關上了。

「城主來得真巧。」吳四邊說邊往外走去，「我正好有事找你。」

吳四走到院門外也不見百里寒冰跟來，有些訝異地停下腳步。

百里寒冰依然站在如瑄門外，愣愣地看著那扇對自己緊閉的門扉。

等如瑄再一次出現在百里寒冰面前，已經是半個月之後的事了。他站在百里寒冰門外，穿著一身潔白的衣裳，手裡拿著一個小小的錦盒。

「師父，」他微笑著問，「我能進來嗎？」

如瑄這時的樣子，就像在他和顧紫盈成親之前的那個如瑄。百里寒冰坐在屋裡看著他，許久都沒有眨一下眼睛。

「師父？」

「啊，如瑄。」百里寒冰猛地站了起來，膝上的劍徑直掉落在地上。

「是我。」如瑄走進屋裡，彎腰把劍撿了起來，「師父看到我怎麼這麼吃驚？是忘了我還在冰霜城裡嗎？」

「如瑄。」百里寒冰沒有接過他遞來的劍，而是抓住了他的手，「你總算出來了。」

這半個月，如瑄一步也沒離開過煉藥的屋子，就連日常飲食，也只許人送到院外。

「這盒子裡一共七顆，分七天服食完畢之後，你身上的毒就能清除乾淨了。」如瑄打開手中的錦盒，一股淡淡的桂花香氣瀰漫開來，「這藥……」

「放著吧，我一會就吃。」百里寒冰接過錦盒，隨手放在桌上，「你怎麼瘦了這麼多？」

「現在就吃了吧。」如瑄又把錦盒拿了起來。

「如瑄，能告訴我出了什麼事嗎？」百里寒冰把他按在椅子上，「你怎麼……」

「師父，我想過了。」如瑄用力地握著那個盒子，笑著說，「你我能夠共聚已是難得，以後還是好好相處吧。」

「真的嗎？」比起終於可以解毒，百里寒冰對如瑄態度的轉變似乎更加看重，「如瑄，你能這麼想實在是太好了。」

「嗯。」如瑄低頭看著錦盒裡那些黑色藥丸，「我也這麼覺得。」

「如瑄……」

「這藥叫做『千花凝雪』，之所以會取這個名字，是因為……」如瑄抬起頭，看著百里寒冰專注的表情，忽然就說不下去了。

「因為什麼？」

「沒什麼。」如瑄再次把錦盒放進他的手裡，「記得每日服上一顆，第一次服用可能會有些不適，之後就不會了。」

千花凝雪，白日消融。

如瑄站了起來，慢慢地走了出去。

「如瑄。」百里寒冰喊了他一聲。

如瑄站在門邊回眸的微笑，過了許多年之後，百里寒冰依舊清晰地記得。笑容柔和，目光溫暖，就像是許多年前的那個晚上，在寒冷冰雪中初遇之時，打動了他的那種目光和微笑。

如瑄走後，百里寒冰坐在屋裡，目光複雜地看著桌上的錦盒。

「城主這是怎麼了？」從繡著旭日朝陽的鎦金屏風後面，慢慢踱出一個人，「一切不是都很順利嗎？」

「我總覺得不太對，如瑄他……」

那人笑而不語，只是拿過錦盒湊到鼻翼輕嗅。百里寒冰卻是看著門外，眉頭越皺越緊。

如瑄的樣子，實在太不對勁了。在之後的時間裡，百里寒冰每每想到這一刻，就會想為什麼自己明明注意到了，卻沒有去探究如瑄反常背後的緣由。

也許是在逃避吧，逃避那可能掩藏在溫暖笑容之後的深意。

得了「千花凝雪」的第七日，百里寒冰在後院的水榭中設下酒宴，然後差人去請如瑄過來。

「師父。」如瑄出現在迴廊那頭，遠遠地喊了一聲。

「過來啊。」百里寒冰朝他招了招手。

如瑄沿著迴廊慢慢走過來的時候，素色的衣袍因風拂著欄杆，水光臨照，將他本就清秀的眉目更添了幾分飄逸靈動。

百里寒冰有一瞬動搖，只是那動搖來得突兀又沒道理，自然不可能撼動他早已下定好的決心。

「這麼豐盛？」如瑄走到他面前，看著桌上精美的菜色，笑著問他，「難道師父終於厭倦了清淡飲食，決定不再辜負自己的口舌腸胃了嗎？」

「這是為你準備的。」百里寒冰拉著他的手，讓他坐在自己身邊。

如瑄看著自己被他緊握的手掌，過了片刻才「啊」了一聲。

「今夜月色真好。」他借著抬頭的動作，不著痕跡地把手從百里寒冰掌心收了回來。

「看著屋梁也說月色？」百里寒冰把目光從橫梁架建的屋頂收了回來，「你不是還沒喝就已經醉了吧？」

「酒？」如瑄舉起放在自己面前的酒杯聞了一聞，有些詫異地問，「這是……」

「我聽說『飛鶴山莊』有祖上祕製、窖藏多年的桂花釀，於是請他們送了一些給我。」百里寒冰輕描淡寫地說了一聲，「還有不少在酒窖裡，你可以慢慢喝。」

「飛鶴山莊」的祖傳好酒據說千金不賣，就連慕容舒意那樣的身分都只求得小小兩罈，那也已經算是天大的面子了。可見這世上，也沒什麼是百里寒冰想要卻得不到的。

「多謝師父。」如瑄倒也不急著品嘗，把酒杯放回了桌上，「不過我原本以為只是一頓晚膳，早知如此正式，就該換一身貴重的衣裳，再帶些禮物過來才是。」

「如瑄，你這是在取笑我嗎？」

「哪有。」如瑄笑了笑，「我是看到師父氣色好轉，心裡高興。」

百里寒冰的臉色不再灰白，就連唇色也漸漸轉為紅潤，表示他體內的積毒正在慢慢減少。

「不過說正式也是該正式一些。」百里寒冰雖然帶著微笑，表情卻變得認真起來，「其實我今天找你來，的確是有重要的事要對你說。」

如瑄看著他，隔了一會才問：「何事？」

「這想法也不是最近才有，但始終找不到好的時機說與你聽。」百里寒冰頓了頓，然後看著如瑄的眼睛，慢慢清楚地對他說：「我想讓你成為我的義子。」

如瑄猛地站了起來，他坐著的椅子往後翻倒，發出了刺耳的聲響。

「你說什麼？」他也顧不上自己的失態，神情慌亂地向百里寒冰求證，「你說……」

「義子。」百里寒冰重複了一遍，「雖然按照年齡，結為異姓兄弟也未嘗不可，但我們師徒的名分在先，還是這樣的身分比較合適。」

「合適……合適是什麼意思？」

「師徒總不及父子來得親密……」百里寒冰沒有說完，就見如瑄往後退了一步。

「義子？」他嘴唇一顫，「百里家的義子？我哪有那樣的福氣？」

「你不必冠上百里家的姓氏，當然也不必喊我義父，我們就像以前那樣相處就行了。」

「我不願意，什麼像以前那樣的……」如瑄拔高的聲音忽然又低了下去，「很抱歉，這酒宴我無福消受。」

說完，他急匆匆地轉頭就走。

「如瑄。」百里寒冰喊了他一聲，「你先別走，聽我說完好嗎？」

一聽到他喊自己，如瑄的腳步自然而然地停了下來。看來這習慣還真是根深蒂固。

「我知道您是出於好意。」如瑄沒有回頭，聲音有些黯然，「可就算是好意，也不見得我就一定要接受吧。」

「我當然不會勉強你，可我真的很希望你能夠答應。」百里寒冰走到他身後，「如瑄，其實我在心裡，一直都把你當成兄弟子侄，就像至親之人一樣。」

明亮的月光自水面反射，讓如瑄頓時有些頭暈目眩，身體晃了一晃。

「怎麼了？」百里寒冰連忙扶住他，「你不舒服嗎？」

「我很好。」如瑄甩開了他的手，「一切原本就是我的錯，和你一點關係也沒有。」

「你說……」百里寒冰不太明白地看著他。

「這一切都是我自找的。」如瑄笑著退了一步，「我怎麼能怪別人，這和誰都無關，都是我自己……」

「如瑄。」百里寒冰握住了他的手，「你別這樣。」

「怎麼樣？」如瑄看著他的眼睛，「我一直都是這樣啊。」

「其實，我……」

話還沒說完，只見如瑄忽然臉色一變，百里寒冰愕然地住了口。

子夜呉歌

第十章

如瑄手腕一翻，手指扣住了百里寒冰的脈門。

「我不相信……這不可能，這是不可能的！」他一再重複診脈，但腦子裡卻早已一片空白，什麼都聽不進去了，「毒明明已經解了，怎麼會……」

「如瑄，你不用著急，其實我……」百里寒冰被他面色煞白、眼睛充血的樣子嚇了一跳，急忙握住了他顫抖不停的手。沒想到他沒來得及說什麼話，就看到如瑄一口血吐了出來。

這血像是嗆咳一般，濺到了百里寒冰的臉上，甚至他微張的嘴中都嘗到了淡淡的血腥。百里寒冰僵直地愣在那裡，直到眼見如瑄倒了下去，才慌忙伸手過去接住。

「為什麼？」昏昏沉沉的如瑄抓著他的衣袖，還在不停地問，「為什麼毒沒有解？這不可能？為什麼？為什麼會……」

「如瑄，你別說話了。」百里寒冰看著如瑄嘴角不停湧出的鮮血，情急之下，攔腰把他抱了起來，「我帶你去找大夫，你別說話了。」

「不會的……不可能沒用的……」如瑄仰頭看著他，依然在喃喃自語，「千花凝雪怎麼可能會沒用呢？」

百里寒冰咬了咬牙，足尖在圍欄上一點，抱著如瑄一同升上半空，化作光影往另一處院落趕去。

如瑄只聽耳邊風聲掠過，寒冷的感覺一點一滴侵入他的胸前。

不過是一眨眼的時間，他們就越過了重重屋脊，抵達了目的地。但對如瑄來說，這一段微不足道的時間卻足以讓他的神智陷入混沌。他迷迷糊糊聽到百里寒冰在喊吳四，他不明白為什麼百里寒冰要帶自己來找吳四，隨即又覺得百里寒冰喊的像是吳四，但似乎又有些不像。

他努力睜開眼睛，直到模糊的視線裡出現了一張似曾相識的臉，只是似曾相識……

只覺一陣劇痛從腦後傳來，迫使他從昏沉之中痛醒了過來。

如瑄慢慢睜開眼睛，等視線清晰之後，他發現自己趴在一張長榻上，同時感覺到冰冷的指尖正在他頸後游移。

絲絲的痠痛麻木從頸上傳來，但他還是強忍著把頭側了過去。他看到窗外漆黑一片，而站在他背後的人，赫然就是呉四。

「是你……」

「是我。」呉四手指中正拈著一根閃亮的銀針擦拭著，聽見聲音，朝著他點了點頭，「你醒了。」

「你是誰？」如瑄試了試力氣，才慢慢坐了起來。

他之所以這麼問，是因為那個在他印象裡高雅脫俗的「呉四」，此時看起來卻完全不同了。屋中燈火通明，呉四的容貌裝扮也是如常，可感覺卻與高雅脫俗相去甚遠。

「真是抱歉，我隱瞞了真正的名字。」似乎察覺到如瑄的不安，呉四抿嘴淺淺一笑，「我不叫呉四，呉四取自同音，其實我叫『無思』。」

「藥師？」聽到這個名字，如瑄心中十分吃驚。

要知道「藥師」是個看似無奇，卻人人聞之變色的名號，算得上是當今世上最為棘手的人物之一。而「藥師」的名字，就是「無思」。

據說無思此人醫術冠絕世間，已經高明到了匪夷所思的地步。有些說法完全是神乎其神，令人不敢置信。

但比起這些，更為人所知的，卻是他的詭異性情，絲毫不遜色於以用毒狠絕聞名的無涯閣主。

若是不喜歡救世濟人也就算了，無思卻會為了研究一種病症或解一種奇毒，讓病患或找他求醫的人，多次染上病症和重覆中毒。這樣反覆數次之後，等他研製出解藥，許多病人早已是氣息奄奄，就算救活了也幾乎去了半條性命。更別說那些體質虛弱的人，一命嗚呼也完全不稀奇。

他的仇人幾乎遍布天下，偏偏誰也拿他沒有辦法。他不懂武功，卻有無數比刀劍棍棒更加厲害百倍的手段。

「難怪你用針的方法……」如瑄很快就從震驚中回過神，「你是來幫他解毒的嗎？」

「他根本沒有中毒，有什麼好救的？」無思搖了搖頭，「我看這冰霜城裡，真正被毒藥侵入骨髓的，恐怕只有你一個人而已。」

「你說什麼？」

「我說，百里寒冰根本沒有中毒。」無思像是怕他聽不明白，語速緩慢，清清楚楚地又說了一遍，「從頭到尾，中毒的就只有你衛如瑄一個人，而那毒的名字就叫做『百里寒冰』。」

「胡說。」如瑄立刻反駁，「他不會騙我。」

「喔，我就說……」無思點了點頭，「原來你早就知道他是在騙你啊。」

如瑄渾身一震，抬頭看著他。

「在我所見過的人之中，少有你這樣真正的君子。」無思嘆了口氣，「可惜這是個渾濁世界，根本不適合翩翩君子。」

如瑄手臂一軟，整個人直直地倒在了榻上。

「他果然沒有中毒，原來……」他說著說著沒了聲音，只是瞪大眼睛，呆滯地看著屋頂的橫梁。

原來那細微處的古怪，並不是自己多心，而是他真的對自己有所欺瞞。

可是有誰會想到，那個傲視天下的百里寒冰，居然會……

自小就追隨在他身邊，已經過了這麼多年，一直以為自己對他的了解遠比別人更深，可是今時今日卻是如此諷刺。

「我見百里寒冰的模樣，就料準他最後還是騙不過你的。」無思站在一旁，低頭對著他，嘴角漾著不知是嘲是憐的微笑。「七竅玲瓏的心，怎麼會看不透這處處錯漏的局？」

「既然不是月無涯的『當時已惘然』，那他身上的毒又是怎麼回事？」

「其實那也不算毒藥，但為了和『當時已惘然』相配些，我把它稱為『此情可待』。」

「此情可待成追憶，只是當時已惘然。」如瑄茫茫然地說著，「真是好名字。」

「雖然仍有細微的不同之處，但當今世上除了月無涯本人，恐怕也沒有誰能夠分辨出來。」無思抿了抿嘴角，「你不用懷疑自己，單就醫術而論，你比起我來並不遜色。」

「有你藥師的這一句話，也不枉費我苦學多年了。」

如瑄從榻上站了起來，無思看他竟是要往外走去，在他身後問了一句：「你不想知道，百里寒冰為什麼要這麼做嗎？」

「想。」如瑄側過頭，「但我現在仍無法冷靜，還是先別知道比較好。」

「無法冷靜？」無思輕輕一笑，「事情如此急轉直下，一時之間自然讓人難以接受，你要看開一些才好。」

「我已經習慣了。」看著無思不解的表情，如瑄報以微笑，「若你日日夜夜都在忍耐，時間久了自然就習慣了。就像我一樣，方才覺得天都要裂開了，可現在醒來卻已經好了許多。」

「人生自是有情痴，此恨不關風與月。」無思嘆息了一聲，「這情愛，果然是半點也沾不得的毒藥啊。」

如瑄背脊一僵，整個人充滿了防備。

「你固然掩飾得很好，可一旦總是把一個人放在心上，就算你言語行動毫不逾越，但目光聲調又怎麼可能沒有絲毫破綻？」無思搖了搖頭。「只是我這瞎子都能感覺出來，百里寒冰卻半點不為所動，這無知無覺還真教人心寒啊。」

「其實，這樣也好。」

「好？」

「有什麼不好？」如瑄背對著他，用淡然的口氣說道，「我也算報了恩，此後不再虧欠他什麼。恩怨兩償，難道不是一件好事？」

「百里寒冰對你有什麼恩德，值得你用自己的性命作為回報？」

如瑄往外的腳步，因這句話而再次停下。

「說叫『千花凝雪』，可我看那雪花的『雪』，應該改作鮮血的『血』才更為貼切。」無思往前走了兩步，「畢竟千秋花和血涎草雖然不是多麼罕見，可要讓這兩種性質相克的藥物融合在一起，實在不是簡單的事情啊。」

「沒有你想像的那麼難。」知道無思方才一定已經仔細查驗過了，如瑄也就不打算繼續隱瞞，「血涎草雖然毒性奇特，但對剛出生的嬰兒卻沒有太大作用。如果混合其他的藥物服用，等到成年之後，只會在血液中殘留下溫和無害的成分。然後此時再服下千秋花，它們的藥性自然會在體內融合。」

「可要每日清醒著忍受三個時辰的血脈逆流，那也不是人人都能做到的。」就連一向生死看淡的無思，語氣中也不無感嘆，「意志堅定之時，人果然能夠承受遠遠超出界限的痛苦。」

如瑄輕輕巧巧地答了一句：「不過就是疼痛，忍一忍也就過去了。」

每日血脈逆流縱然痛苦難當，可這時想來，也算不了什麼。

「你可恨他？」若不是無思目不能視，如瑄會覺得他是在仔仔細細地看著自己。

「恨他？從何說起？」如瑄嗤笑起來，「一切都是我自己心甘情願，為什麼要去恨他？」

「照你現在的情況，原本還能拖上一年半載。可若是心境起伏過大，恐怕捱不過十日。」無思有些惋惜地說，「你願意為他捨棄性命，換來的卻是欺騙隱瞞，難道你不恨他嗎？」

「我不在乎。」如瑄只是淺淺笑著，就好像真的一點也不在意，「就算我早知道他在騙我，結果和現在也不會有太大不同。」

無思因為他的反應而感到吃驚：「我一直以為，螻蟻尚且貪生。」

「我不是什麼螻蟻，只是在世上行走的死人罷了。」他的眼眸幽深遙遠，「或許我一直就在等這一天，從很久很久以前……」

如瑄走出無思的屋子，還沒走出院門就看到百里寒冰站在那裡。

百里寒冰聽到他打開門，聽著他拖著沉重的腳步走了出來，卻沒有過去接他。

就連現在看到他慘白如紙的臉色，百里寒冰也沒有立刻上前攙扶。

不是不想，而是他不知道自己那麼做了，如瑄會是什麼反應。

若是憤怒生氣也就罷了，可要是如瑄露出怨恨痛苦的神情，那該如何是好？

猶豫半晌，他最後只是喊了一聲「如瑄」。

「藥師果然非同一般，居然能製出和『當時已惘然』如此相似的藥物。」

如瑄的臉上沒有憤恨不滿，甚至連不悅也未曾尋到，「我沒能分辨出來，果然還是技不如人。」

「如瑄。」

「不愧是冰霜城主，竟然能請到藥師。」如瑄滿面笑容，「說起來，他成名多年，沒想到竟如此年輕。只看外表，也沒人能猜到他是誰吧，不過他……」

「如瑄。」百里寒冰揚高聲音打斷了他。

如瑄的笑容驀然消失，百里寒冰看著他臉上閃過的冷峻，一時也不知道該說些什麼才好。

過了好一會，還是如瑄輕柔的聲音先打破了沉默。

「我知道你有話要對我說。」他一邊說，一邊對百里寒冰重新揚起笑容，「但我什麼都不想聽。」

「如瑄，你一定要聽我說完。」看著他的笑容，百里寒冰的心情越發沉重起來，「這其中……」

「不論這其中有什麼曲折，我都不想知道了。」如瑄垂下目光，「既然已經結束，又何必追根究柢？」

「如瑄，你恨我嗎？」百里寒冰問了和無思相同的問題。

如瑄也和剛才回答無思一樣搖了搖頭。

「那麼，你會諒解我嗎？」百里寒冰有些欣喜地問。

「我做不到。」如瑄回答得極快，他的眼睛就像波瀾不起的深井，「你不知道千花凝雪之於我的意義，所以我不恨你。但也正因如此，我無法原諒你。」

「如瑄……」

「本就已經死了，卻還是被燒成灰、碾成塵，有些事，始終不是閉上眼睛就能忘記的。」

如瑄說的話百里寒冰不太明白，但如瑄臉上的表情，百里寒冰卻看得十分清楚。

悵然若失。

「鏘——」一聲清越劍鳴，如瑄驚訝地看著百里寒冰拔出了冰霜劍。

百里寒冰倒轉劍身，把劍柄放到了他的手中。

「這是要做什麼？」那劍冰冷徹骨，寒氣透過劍柄傳到了如瑄手中，頓時讓他亂了陣腳。

「我不會閃避，也不會抵抗。」百里寒冰握著他的手，讓他握緊了劍，「一劍或是一百劍，直到你氣消為止。」

「你說什麼？」如瑄想要放手，不料卻被抓得死緊，情急之下有些口不擇言起來，「你是瘋了不成？」

「雖然你說不會原諒我，但我仍希望獲得你的諒解，所以要做些能讓你原諒我的事。」

「快放手。」如瑄生怕他抓著自己往身上刺，拚命用另一隻手掰開他的指頭，「我沒空陪你一起發瘋。」

百里寒冰終於放開了手，就在如瑄鬆了一口氣的時候，忽然覺得手上一輕，那把劍一眨眼又被百里寒冰拿了回去。

「你不聽我解釋也沒關係，只要你能原諒我就好。」百里寒冰反手把劍架在自己頸邊，「哪怕要了我的性命，我也毫無怨言。」

「你是認真的嗎？」

「我是。」百里寒冰認真地看著他。

如瑄一眨不眨地盯著那把雪亮長劍，知道只要自己一點頭，他絕對會毫不猶豫地揮劍自刎。

「為什麼？」如瑄往後退了一步，「百里寒冰，這一切是為了什麼？難道你非要逼我發瘋才肯罷手嗎？」

「在決定做這件事開始，我就有了這樣的覺悟。」百里寒冰的眼睛比劍光還要閃亮奪目，「這是我欠你的，你想讓我怎麼償還都可以。」

百里寒冰長長的睫毛在臉上投下一片陰影，和他白玉般的臉頰分明得有些刺眼。

「你什麼都不知道，有什麼立場和我說這樣的話？」如瑄一邊搖頭，一邊後退，「我所失去的，你根本還不起。」

「我知道我傷了你的心……」

「我受傷的，何止是心——」如瑄有些聲嘶力竭，「你這麼對我的時候，可曾猶豫過？可曾想過會有什麼後果？百里寒冰，你什麼時候才會明白，有些東西失去了，就永遠不會再有了。」

他的目光裡有太多說不清道不盡的痛苦，讓百里寒冰一時愣在那裡。

如瑄低下頭，看著地面上自己和垂柳的影子糾纏在一起，風舞柳動，似要把他割成千萬碎片。

「很容易……」

「你說什麼？」百里寒冰沒聽清楚。

「我才知道，」如瑄抬起頭，「想要毀了一切，其實是一件很容易的事情。」

他面無表情，揚起衣袖。

百里寒冰能清楚看見從他指尖撒出的淺色粉末，卻因太過出乎意料而錯失了閃避的時機，不過他還是立刻本能地閉住呼吸。

「沒用的，就算你閉住呼吸也沒用。」如瑄從柳樹遮蔽之中走了出來，「這藥只要觸及皮膚就能發揮作用了。」

「如瑄，你要做什麼？」

「你不是任我處置嗎？如果你要反悔，現在還來得及。」如瑄微微一笑，「我知道你還有力氣，以你的功力來說，這藥物還沒完全發揮效用。你現在可以動手殺我，但只要猶豫片刻，就不會再有任何機會了。」

「我怎麼會……」百里寒冰忽然不安起來，「我既然說了就絕不會反悔，你又何須對我下藥？」

「不要這麼篤定。」如瑄慢慢地搖了搖頭，「不要總是說『絕對不會』，這世上絕對不會發生的事情，根本不曾在。」

百里寒冰驀地瞪大雙眼，手中的長劍也隨之滑落。他的意識非常清醒，卻無力控制自己的行動。

「這藥只是讓你的行動受困，卻不會讓你意識不清，這樣才好。」如瑄站在他面前，用手撫過他的頭髮，輕輕抽走他的髮帶，任由長長的黑髮披散，然後笑著對他說：「其實我私下一直覺得，你不綁頭髮的樣子要好看得多，至少那種難以親近的感覺會減少許多。」

看著百里寒冰倒了過來，如瑄張開雙臂將他摟進懷裡。

——《子夜吳歌之獨自愁》完

子夜呉歌

番外 情傷

明珠是不幸的，她本是出身官宦的大戶千金，卻因父兄涉罪遭到株連，一夜之間家破人亡，還被遣到異鄉判做官妓。

但明珠也是幸運的，眼見著就要任人攀折的時候，她卻遇到了命裡的貴人。

每次想到靖南侯慕容舒意，明珠就一直有種難以言述的感覺。

她當然聽說過「鐵衣慕容」的名號，對他當年一箭懾敵的赫赫功績也早有耳聞。所以，在沒有真正見到慕容舒意之前，她和大多數人一樣，對這位與眾不同的當世俊傑心懷仰慕。

但等見著了，才知道完全不是那麼回事。

慕容舒意樣貌俊美，滿眼桃花，最愛和人調笑胡說，看上去就是個不學無術的紈褲子弟。等再見到他鬢角簪花，蒙著眼睛輕薄胡鬧的時候，她少女的憧憬已經徹底幻滅了。

但慕容舒意是明珠一輩子都必須感激的恩人。

若非遇到了慕容舒意，她非但保不住清白之身，更不會遇到如瑄。

說到如瑄，明珠第一次見到如瑄的時候，正是中秋時節。

那天靖南侯爺遊興大發，突然間傳話過來，說要一同山林賞月。明珠了解侯爺是不愛被人掃興的脾氣，所以縱然身子有些不適，卻還是拖拖拉拉地跟著去了。

等她姍姍趕到的時候，候府的僕人已經在山間空地拉起錦帳，擺好酒宴，慕容侯爺的客人們也都到了。

她先向侯爺見了禮，不意外地看到了客席首座上的司徒朝暉。

司徒朝暉文采風流，是名滿江南的飽學高士，素有江南第一才子的美譽。

可明珠卻覺得，這位慕容侯爺的「莫逆好友」，看人的時候總是目光怪異，讓人渾身都不自在。

初時她只覺得這人一派恃才傲物，說話總是綿裡藏針，慕容舒意會和這樣的人交往甚密，實在有些難以理解。

直到有一次她跟著慕容舒意去官家赴宴，主人開玩笑地提到司徒朝暉，說若是他收斂脾氣，按他俊雅的相貌和那一身錦繡才華，不知要招惹多少世間女子。只是這樣倒也算了，偏偏那人又加了一句「你看司徒朝暉平日裡一臉清高，指不定人後也就是個風流的傢伙呢」，說話之間擠眉弄眼，惹得眾人跟著一陣哄笑。

其實這話本不過分，只是當時人多口雜，看上去就有些貶低嘲弄的味道。慕容舒意也看不出有什麼不快，甚至還跟著笑了幾聲，只是當她剛巧低頭，才看見在花梨木的桌沿上硬生生多了五個指印。

等過了半個多月，她幾乎都忘了這件事的時候，突然聽說那家主人被查實貪汙鉅資，抄家充軍去了。傳言抄家的時候，慕容侯爺還痛心疾首，代表鄉親父老將罪有應得的貪官罵得無地自容。

她是想像不出慕容舒意痛心疾首的樣子，倒是想起了那帶著五個指印的花梨木桌。

自那以後她就明白，若要長久仰仗靖南侯照拂，司徒朝暉是要好生應對的人物。於是等再見到司徒朝暉，她總是刻意示好，絲毫不敢怠慢。

而時間一久，她也漸漸明白，司徒公子雖外表倨傲，其實個性直率坦誠，反而是那看來沒心沒肺的慕容侯爺……

慕容舒意和她打了招呼後便轉身不見蹤影，倒是司徒朝暉主動開口邀她同席。

等明珠坐下後，才看到身邊另一位面生的客人。

這些年來，在「綾羅小敘」迎來送往，她見的人也多了，眼前這位斯文的少年公子看上去沒什麼特別，加上司徒朝暉似乎心情不佳，只替兩人引見姓名就埋頭喝酒，礙於身分場合，明珠既是不便也不太想開口搭話。

於是三人一桌，一個灌酒一個喝茶一個假寐，和其他桌上的喧雜吵鬧相比起來，實在冷清得厲害。

顛簸趕路時反倒還好，可一旦安穩坐下，她的頭痛卻突然厲害起來。這是前些年家中變故時落下的病根，最近幾日又受了寒氣，連著喝了多服湯藥都不見好轉。

正在想著用什麼藉口及早離席之時，突然聞見一陣好似草木的清香，頭痛立即輕減了許多。

她訝異地睜眼，看到那位同桌的陌生客人拿出一塊白色絹帕遞了過來，香氣正是從那帕上發散而出。

「姑娘身子不適，這裡酒味花香濃重，一定更不舒服。」那人溫溫和和地笑了一笑，「我在這帕上倒了些清涼解鬱的藥汁，妳拿去掩著口鼻會好一些。」

她愣愣地接過，照著那人的說法把絹帕按在口鼻之間，霎時清雅香氣散入五臟，頭痛居然消了大半。

「好些了嗎？」

「是。」她驚奇地點頭，重新打量著眼前的少年。

眉目清秀端正，年紀也不過十五六歲，卻絲毫沒有這個年紀該有的輕佻浮躁，看起來意外沉穩可靠。尤其那神情裡藏著的一絲淡淡抑鬱，居然有種別樣的……想到這裡，明珠的心突然快了一拍。

「如瑄公子真是醫者仁心，且到每處便會施展岐黃妙手，為人除病祛痛，在下好生景仰。」說話的人是司徒朝暉，話語間帶著一絲微不可聞的苦澀，「不知什麼時候能幫在下看一看，我總覺得自己病入膏肓，時日不久了。」

「姑娘是陳年舊疾，非一日可以根除。若有機會能為姑娘解除病痛，在下自當略盡綿力。」那位被司徒朝暉稱作「如瑄公子」的少年，倒是絲毫不以為意，依舊笑著說，「至於司徒先生，你得的是心病，心病藥石不可醫之，恕我無能為力。」

「看你表面和氣，其實也是個不容人錯待的。」司徒朝暉端著酒杯，「嗤」的一聲笑了出來。

「這是在說什麼呢？這麼開心。」慕容舒意恰巧走了過來，打斷了張口欲言的如瑄。

「候爺。」明珠和如瑄都起身迎接，只有司徒朝暉依然懶洋洋地坐著。

「怎麼這麼拘謹？」慕容舒意扶明珠坐下，轉身從袖中取出一方錦盒遞到如瑄面前，「今早有人送來府裡，你剛好不在，我就替你收下了。」

如瑄「啊」了一聲，接過打開。

「倒是巧妙心思。」司徒朝暉看到盒中事物，愣了一愣，輕聲地說了一句，「有雙飛翼，相倚花間逐此生……」

明珠起了好奇之心，也探頭一看。

只見紅色的綢布間臥著一對蝴蝶玉扣。那玉石溫潤，被雕琢得玲瓏剔透，看上去便教人覺得喜愛。

「不知道是哪家的美人，能得到琢玉名家陸大師親手雕刻的玉蝴蝶。」慕容舒意眼珠一轉，「不過，看不出如瑄你平日裡老老實實，居然會如此大手筆地討人歡心呢。」

如瑄蓋上錦盒，笑而不答，但雙目之中神采斐然，顯然是非常高興。

「蝶舞翩翩，又是成雙成對，這般寓意深重的定情之物，不知是要送給誰呢？」明珠自己也不明白，怎麼會突然有股酸味哽在心裡，就順著慕容舒意的調侃接了這麼一句。

「定情？不，不是那樣的。我只是要送給一個人，當作紀念。」如瑄撫了撫錦盒，臉上流露出格外溫柔的神情，「但願……」

後面如瑄說了什麼抑或什麼都沒說，明珠沒有聽見也聽不見了，她只知道自己久被世事冰冷的心，在這一瞬間，在這個陌生人的一抹溫柔淺笑之間，頓時鮮活跳躍了起來。

她捂著胸口，等回過神來，才發現那位如瑄公子不知何時已經被慕容侯爺拉走了。

司徒朝暉還在喝酒，比方才喝得更快更多。

「司徒公子，方才那位……」

「明珠啊。」司徒朝暉看著手裡空了的酒杯，對想要打聽情況的她說道，

「妳看那位如瑄公子，是不是一副命途多舛、千古傷心的模樣？」

「怎麼會呢？」她蹙起眉頭，有些不高興司徒朝暉的醉言醉語，「司徒公子你喝多了吧？」

「於細微處可見前路。」司徒朝暉又為自己斟滿酒杯，「就好比方才那對玉扣，把堅固美玉雕琢得如此纖薄易碎，何況蝴蝶本是命短福薄之物，不是很不吉利嗎？」

「司徒公子，你喝醉了。」

司徒朝暉看了看她，用帶著醉意卻依舊銳利刺人的目光在她臉上轉了一圈，然後神色中多出了讓人渾身不舒服的洞察了然。

「司徒……」

「明珠姑娘。」司徒朝暉端起酒杯，朝她做了個敬酒的姿勢。

明珠有些糊塗，只能拿起酒杯回敬。瞧見司徒朝暉一飲而盡，她也跟著淺淺抿了一口。

酒性熾烈，咽下時如同吞了絲絲火焰，讓明珠眼睛生痛，臉頰泛紅。

在有些昏沉的時候，她彷彿聽見司徒朝暉喃喃自語地念著：「平生不會相思，才會相思，便害相思。身似浮雲，心如飛絮，氣若游絲……」

如瑄醫術精湛，不過幾次針灸、幾劑湯藥，就把明珠頭痛的毛病治癒了七七八八。明珠也借著看病之機，漸漸和他熟絡起來。

越是相熟，越是了解，也越是難以自拔。

不知何時開始，明珠沒心思彈曲賦詩，沒心思煮酒談笑，甚至沒心思裁衣裝扮。對客人更是懶得應付，每日都只願倚窗等候那個不解風情的如瑄公子，三五日不見就像是失了魂一般惶惶不安。

她這樣子，只要是有眼睛的，便知道這一縷芳心繫在誰家，更何況是心思敏銳的如瑄。

於是如瑄開始有意疏遠，對於她的邀約藉故推託，明裡暗裡拒絕著她的親近示好。明珠聰明玲瓏，一來二去便明白了他是在拒絕自己，傷心自然不用多說了，何況她雖淪落風塵，也還是無數才子名士、高閥權貴們爭相結交的傾城佳人，如今百般討好卻換來被拒千里，心裡越發不是滋味。

如瑄雖然對她溫和客氣，可對旁人也是一般，像秋宴那日望著那對蝴蝶玉扣的露骨溫柔，從未在她面前流露過一星半點。那玉扣，果然是定情之物。

也許是一次次遭遇冷落，明珠的心裡漸漸有了不平意氣，旁敲側擊著想要知道，那令如瑄鍾情的女子究竟是什麼模樣。只是而後兩三年過了，如瑄還是絕口不提任何與自己有關的私事。

「我怎麼知道他去了哪裡？」慕容舒意坐在池塘邊，朝水裡丟著魚食。

「昨日不是還在飲酒作詩嗎？」她有些著急地追問，「怎麼今天說走就走了？」

此前，如瑄雖然也有一走數月的時候，可不知為何，這次總讓她覺得心驚肉跳，有種不祥的預感。

「我聽人說，今日一早城門剛開的時候，是候爺的護衛護送著如瑄出城的。」她頓了一頓又說：「聽說車中還有一人……」

「明珠，妳有沒有覺得這兩年如瑄有些奇怪？」慕容舒意並沒有回答她，而是若有所思地問，「昨夜問了司徒，他說那是因為如瑄想明白了，懂得及時行樂這個道理，我覺得這純粹是胡說八道。也不知道是出了什麼事……不過，一定和那個人有關吧。」

「那個人？」

「那還真是個絕世美人啊。」慕容舒意搖頭晃腦地說，「若用花來比喻，明珠妳是世上牡丹，那麼他便是世外雪蓮。從容高潔，傲世獨立，實在是難得一見，可惜……」

「候爺。」明珠不耐地打斷了他，「您說了半天，也沒說清楚，那個美……那到底是個什麼樣的人啊？」

「好大的酸味。不過明珠啊，我可要勸妳一句，那美人不好惹，若是惹惱了他，隨時會被刺上十七八個窟窿的。」慕容舒意似笑非笑地說，「妳就聽我一句話，這事妳管不著也管不了，還是回樓裡好好休息吧。」

「我……」明珠聽出了他話裡的暗示，卻還是不死心說道：「候爺，我只想知道，那可是……可是如瑄的心上人？如瑄他此番離開，還會回來吧？」

慕容舒意一愣，然後一把灑下魚食，拍拍手站了起來。

「候爺。」

「說是心上人，倒也不無可能。」慕容舒意目光閃爍，「不過這事，似乎……」

明珠完全沒有聽懂，皺著眉頭在原地發起愁來。

「明珠，回去吧。」慕容舒意走到她面前，為她繫好斗篷的帶子，「如瑄若會為妳動心，也早就動了，妳想開一些，有些事是勉強不來的。」

「候爺說的是。」明珠低下頭，把眼眶裡的淚水逼了回去，「明珠也知道自己不該，可這一生……這一生……」

「說不定放開了手，也就如此了，未必是想像中的難以承受。」慕容舒意把手搭在她肩上，「退一步海闊天空。」

「你是海闊天空了，可不是人人都有那一步可退的。」有人冷冷接道，「若是退一步便入了修羅地獄，那是該退還是不該退呢？」

感覺放在肩膀上的手驟然收緊，明珠轉過頭，看到司徒朝暉緩步朝這裡走來，臉色十分難看。

「怎麼盡說些奇怪的話。」慕容舒意收回手，有些訕訕地說，「我這不是在開解明珠嘛。」

「司徒公子。」明珠向司徒朝暉見了個禮。

「你倒是說得輕鬆，什麼退一步海闊天空？」司徒朝暉眼中空空洞洞的，「不過你退了一步，卻真是海闊天空沒錯……」

「司徒，你昨晚喝多了，酒還沒醒。」慕容舒意擋在明珠面前，陪著笑說，

「我讓人煮些梅茶，給你醒醒酒吧。」

「是啊。」司徒朝暉也笑著回答，「我是醉了，你看我醉得多厲害。」

雖然明珠此刻心緒紛亂，可司徒朝暉話中帶著的悽惻，還是讓她為之一愣。她忍不住抬起眼，看了看對面的司徒朝暉。

司徒朝暉雖然在笑，但眼中血絲遍布，好似用一種絕望的目光凝視著眼前的靖南侯。

「明珠，妳先回去吧。」慕容舒意的聲音也低沉下來，「有如瑄的消息，我會差人通知妳的。」

明珠也知留在這裡並無用處，只得應了一聲，恍恍惚惚朝外走去。走到拱門處回頭一望，卻見慕容舒意拉住了司徒朝暉的手，似乎帶著笑在勸慰。

「唉……」心被沉沉壓緊，明珠長長地嘆了口氣。

再見到如瑄，一晃眼已經過了十年。

十年的時間有多長？又能有多少變化？

明珠坐在妝臺前，仔細地照著鏡子。雖然容貌並未有太大的變化，但眼中的風霜卻是怎麼也遮掩不住的。

她發了會呆，合上妝鏡，提著燈籠走出小樓，從後門出了府，沿著這些年再熟悉不過的路，往城東走去。

這十年裡，靖南侯慕容舒意做了安南王爺，江南才子司徒朝暉成了姑蘇府尹。尤其令人意想不到的，是她居然進了司徒朝暉的府裡而不是安南王府。

這一點，連她自己都覺得意外。

只是細想想，似乎又順理成章。

這十年，她已經想通了許多事，也看透了世間的無奈。

那些無奈，任性放肆如慕容舒意，聰明玲瓏似司徒朝暉也無力排解，何況她一個隨波逐流的弱質女子。

所以她離開了「綾羅小敘」，卻沒有像當年朝思暮想那樣萬里追尋，而是平靜地搬進了司徒府尹的大宅。

只是在心裡，還是留存著一絲奢望。

或許有一天，那個人會回來看一看吧。

因為曾經聽他說過「只合江南老」，所以每逢初一十五，都會去廟裡為他上香祈福，隔三差五地，就會來替他收拾屋子。每一年採集的桂花，都仔細收拾好，用來曬茶釀酒，只因他喜歡桂花清冽的香氣。

她也知道自己這麼做實在很傻，也許那個人永遠都不會回來了，更可能早就已經忘了自己。

這十年間她也會想，那年在虎丘山上不過是一方絹帕、一抹微笑，到底是怎麼就打動了自己？又是怎麼能讓自己想一個人想了十幾年的時間？

最後思來想去，也不外乎是貪戀如瑄身上的溫柔和堅定，只是最終得到那溫柔的，卻又是誰呢？

最後望了一眼，她輕輕掩上院門，提著燈籠往回走去。

頭上明月如盤，正是相逢相遇的時節，在走到橋頭的時候，明珠看到了一個在晚風裡蕭瑟孤獨的身影。像是一道幻影，但還沒有仔細看清，立即就被一隻蝴蝶敲得粉碎。

一只玉做的蝴蝶，曾經碎過，又重新被鑲嵌拼接。其實早就應該看出來的，那玉扣雖然精緻華貴，卻不是女子常用的款式。

從容高潔，遺世獨立，宛如天人的絕俗姿容。說妻子什麼的，只怕都是藉口。她知道，這雙玉扣的主人，才是如瑄心中摯愛。

明珠一時間黯然神傷，卻沒有想像中悲痛欲絕。

也許是因為太久了，多年的時光，總能夠磨去很多的東西。

堅持到了今天，也不過是為了堅持而堅持，最初濃烈的感情，早在堅持之中變得平淡了。

有多少人能夠傷痕累累卻仍無怨無悔呢？

就是在這個時候，明珠突然有種大徹大悟、恍然夢醒的感覺。

等到後來，那最後的一絲遺憾也隨著不曾有緣的鳳冠霞帔而煙消雲散的時候，她便明白，心中的傷終是開始慢慢癒合了。

畢竟傷只浮於表面，癒合了也許會留下疤痕，卻不會再感到疼痛。

只是聽說有一種情傷，傷在了五臟六腑，就連死後也不得舒解。

再後來……當然，那是很久以後了。

那時候，一切事了，塵埃落定。

歲華荏苒，她依舊是傾城美人，只是陪伴著紅顏消長的，不再是一曲紅綃不知數，也不再是此情無計可消除，而是山中歲月，古佛青燈。

一間小小庵堂，一株金桂飄香，不遠處是故人的墳塋。只是她不再折桂藏香，更不再對鏡憂愁。

偶爾也會想起當年歲月，卻是懷念多於憂傷，唏噓多於怨懟。

「生平只恨多情，唯恐獨自傷心」。

往事已然無痕無影，只有司徒朝暉和慕容舒意合寫的這幅字一直掛在牆頭，空對青山，空對年華。

——〈番外　情傷〉完

高寶書版集團
gobooks.com.tw

BL045

子夜吳歌之獨自愁

作　　者　墨　竹
繪　　者　はまぐり
編　　輯　任芸慧
校　　對　林思妤
美術編輯　林鈞儀
排　　版　彭立瑋
企　　劃　方慧娟

發 行 人　朱凱蕾
出　　版　英屬維京群島商高寶國際有限公司臺灣分公司
　　　　　Global Group Holdings, Ltd.
地　　址　臺北市內湖區洲子街88號3樓
網　　址　www.gobooks.com.tw
電　　話　(02) 27992788
電　　郵　readers@gobooks.com.tw（讀者服務部）
　　　　　pr@gobooks.com.tw（公關諮詢部）
傳　　真　出版部　(02) 27990909　行銷部 (02) 27993088
郵政劃撥　50404557
戶　　名　三日月書版股份有限公司
發　　行　三日月書版股份有限公司/Printed in Taiwan
初版日期　2020年8月
二刷日期　2020年8月

國家圖書館出版品預行編目(CIP)資料

子夜吳歌 / 墨竹著著.-- 初版. -- 臺北市：高寶國際, 2020.08-
　冊；　公分. --

ISBN 978-986-361-858-4(上冊：平裝)

857.7　　109007253

三日月書版